名称未設定ファイル

品田　遊

朝日文庫

本書は二〇一七年六月、キノブックスより刊行されたものです。

名称未設定ファイル　目次

目次

名称未設定ファイル

品田　遊

名称未設定ファイル_01
猫を持ち上げるな

玄関ドアを開けると、薄闇《うすやみ》からミャアと声がする。

「待ってろ」

足下から俺をじっと見つめる二つの青いガラス玉に向かってそう言うと、壁に指を這《は》わせて明かりのスイッチを入れた。

戸棚から缶詰を取り出す。そのあいだ、バステは俺の足の周囲をぐるぐるまわって、ミャアミャアと催促を繰り返す。缶の蓋《ふた》がパキッと開く音でバステの騒々しい訴えはピークを迎え、青い皿に中身を盛り付けてやると黙って食事に没頭する。

俺は洗面所でうがいを済ませ、冷蔵庫から缶ビールを取り出す。デスクの前に腰掛けるとパソコンを起動し、立ち上がりを待ちながらちびちびとビールを口にする。いつもの金曜日。

メールフォルダを確認し、溜まったメールに返事をした。これで今日の残務処理は終了だ。膝の上に食事を終えたバステが跳び乗ってきた。あごを軽く撫《な》でてやると目を細め、バステは満足気にグルルと喉《のど》を鳴らした。

ビールを飲みながらRSSフィードが選定したお勧め記事とSNSのタイムラ

インに目を通す。あるトピックが目を引いた。

猫を持ち上げるのは虐待？　ネット上に波紋

リンク先は主にネットニュースを扱う情報サイトだった。視界を阻む広告をかいくぐり、記事に目を走らせる。

【アニマル】猫を持ち上げるのは虐待？　ツイッターユーザーの発言が波紋

「猫を持ち上げるのは是か非か」という問題がネットに論争を呼んでいる。発端となったのは都内在住の大学生、Tさんのツイートだ。

〝待って笑　猫めちゃ伸びるんだけど爆笑〟

写真には、Tさんの飼い猫と思われる白い猫が脇をかかえられて持ち上げられている様子が写されている。持ち上げられた猫の体はまるで軟体動物のように長く伸びており、その奇妙でおかしみのある姿は愛猫家のハートをすぐにつかんだようだ。ツイートはまたたく間に1万RT（リツイート）を突破した。

しかし、写真の投稿から一夜が明け、女性漫画家の秋生霧江（あきみ きりえ）さんがこんな引用ツイートをしたことから状況は一変してしまった。

〝（RT）こんなツイートが回ってきた。。。正直、背筋がゾッとします。これがほほえましいニュースのように出回っていることが。。。猫ちゃんの顔すごく嫌がっていますよね。。。動物は人間のオモチャじゃないんです。。。（続く）〟

〝（続き）こういうのを目にするたび、惨憺《さんたん》たる気分になります。。。どうしてそっとしておいてあげるということができないのでしょう。いきなり持ち上げられて嬉しい動物などいるでしょうか？〟

このツイートが注目を集め、意見に賛同する人も多数出てきている。

〝わかる。私もちょっとおかしいと思ってた〟
〝漫画家さんに同意。猫飼ってるけど、あれは嫌がってる顔。まともな飼い主なら足が浮くまで持ち上げたりはしないなあ〟
〝これは根深い問題。日本人は動物に対する意識が欧米諸国に比べて遅れている〟

一方で、反対意見もある。

〝いや、これくらいよくあるでしょ。深刻に考えすぎじゃ？〟
〝うちの猫は持ち上げろってねだってくるくらいだけどな〜〟
〝この人は動物の気持ちがわかるのか？　何にでも文句つける人っているよね〟

ネットを騒がす「猫を持ち上げるのは是か非か」問題、あなたはどっち派？

（ライター：よしみち）

「ふん」

一通り読み終わってタブを閉じた。暇なやつがたくさんいるもんだ、としか思わなかった。俺はネット記事漁りを再開したが、それ以上に興味をかきたてる話題もなかったので、早めにベッドに入ることにした。ベッドの中でタイムラインを見ると、猫の持ち上げを話題にしている人が何人かいる。俺は基本的に何も発信しない。特に言いたいことがない。

明けて土曜の予定は空っぽだった。洗濯や買い出しをしているといつの間にか日が暮れかけていた。もう何かするには遅すぎる時間帯だ。ベッドの上に横になり、タブレット端末でネットを見て過ごすことにした。傍らではバステが丸まって寝ている。

昨夜から日をまたいでも「猫の持ち上げ問題」は引き続き話題になっていた。むしろ論争はさらに過熱している。匿名で書ける日記サイトに書かれた文章が原因のようだ。

■猫を持ち上げるな

この際はっきり言う。

猫を持ち上げるな。


話題になってた、猫持ち上げ画像の件。

あれに対して過剰反応とか言ってる輩《やから》もいるが、全くそんなことはない。

俺たちは慣れきってしまってるんだよ、動物をオモチャにすることに。


4年前、ペットショップで働いてた。

知ってるか？　裏側で犬猫がどんな扱いされてるか。家畜の方がまだマシなんじゃないかな？

断言するが、ペットショップの店員は犬猫なんてモノだと思ってる。働いて理由がすぐわかったよ、そう思わなきゃやってらんねえもんな。

ペットショップには「常連さん」がいる。

成金の男が若い女連れて来て言うんだ。「今どれが流行ってんの?」ってな。服かよ。

実際、服と同じなんだろうな、あいつらにとっては。肉の詰まった動く毛皮。で、明らかに買いに来るスパンが短いんだ、そいつ。前に売った2ヶ月のスコティッシュはどうしたんですかね?

そんでさ、店長もわかってて「新商品」を売ってやるんだ。そりゃそうだよな、血統書付きの高い犬猫をホイホイ買ってくれるお得意さまなんだから。「気を利かせてちょっと体の弱いやつを選ぶ」とか抜かしてたこともあったな。

これが命を売る態度かよ。クソが。

ほかにも色々、胸糞悪すぎて思い出したくもないようなことが山ほど。

1年でメンタル病んで退職。昔はあんなに大好きだった動物が、今じゃ見るだけでも気分悪くなる。怖くて。申し訳なくて。

これ読んで、酷いやつがいるな、って思ったか？

お前らも同罪だからな。

「同罪」は言い過ぎとしても、お前らに罪がないとは言わせない。テレビとかネット見てると、ペット関係のコンテンツが盛りだくさんだ。屋上から落っこちる猫の面白動画とかな。

なんでそれを楽しめる？　動物は人間のオモチャだから。そうだろ？　触れあいとかコミュニケーションとか、御託並べてるけどさ、結局は人間様が気持ちよくなりたいだけじゃん。

たしかにお前はペットを虐待しないかもしれないけど、お前が猫の脇を持ち上げた画像を見て「軟体動物ｗ」とか喜んでるそのことが動物をオモチャとして扱う文化を育ててるって自覚しろよ。

■コメントを書く（428）

この匿名日記には428ものコメントがついていた。最初についているのは「主語の大きい人がまた出ましたね…」「結局何を言いたいのかが不明瞭」といったコメントだったが、ざっと古い順に流し読みしていくにつれて、日記の主張に理解を示す内容の書き込みが増えていった。

「語気は荒いがおおむね同意。我々は動物を愛玩することの暴力性に無自覚すぎる」

「あー、あのRTを見たときに感じたモヤモヤの正体はこれか。なんかストンと腑《ふ》に落ちた」

「なんかわかってない人多いけど、猫が嫌がってるかどうか、っつうのは副次的な問題なのよ。そういうのをエンタメとして成立させてること自体が問題なわけで」

「なるほどなあ。うちも猫飼ってるけど、なんで飼ってるかっつったらやっぱり人間の都合なんだよなー、なんだかなあ」

「実体験を一般論にする連中のタチの悪さよ」

「ペットを飼う文化自体が前時代的な慣習と言える日が近いのかもしれない。生命を所有するって気軽にやっていいことですか?」

「猫持ち上げ画像がプチ炎上してる件は、この国にとって象徴的な事例だよね。今年は動物愛護観のターニングポイントになりうる」

猫を持ち上げることから話は脱線し、今は「愛玩動物の飼育は是か非か」というところまで議論が及んでいるようだ。なんだか、猫を飼っている俺が悪者にされた気分になる。バステは保健所から引き取った2歳のキジトラだ。腹を見せてのんきに眠るこいつを見ていると、束の間の深刻な気分は消え失せてしまった。

月曜日の昼間。取引先への電車移動中に同期の宮島《みやじま》が中吊《なかづ》り広告を見て言った。

「あ、来栖《くるす》あざみ」

中吊りに目をやると、女性向けファッション誌の広告だった。青いワンピースを着たロングヘアの女――ファッションモデル兼テレビタレントの来栖あざみが笑顔でポーズを取っている。

「来栖あざみのファンなのか？　意外だな」

宮島は顔の前で手をひらひらと振った。

「違う違う。今、あの子ブログ炎上してるから、あっと思って」

「へえ、なんで？」

「秦野《はたの》、猫持ち上げ問題って知ってる？」

またそれか、と俺は思った。

「まあ、なんとなくは」

「あの猫写真をマネした写真を飼い猫で撮ってブログに載せたんだよ。よりによってこのタイミングだよ。で、猫が明らかに嫌がってるのな。それでもう、けっこうな騒ぎよ。バカだよな」

「そんなことでか」

「まあ、もともと嫌われてるってのもあるんじゃないか？　バラエティだと生意気キャラだし、性格クズって噂《うわさ》だし」

「テレビはあんまり見ないからよく知らん」

「それに、いかにもネットオタクが嫌いそうな見た目だろ。叩《たた》かれても仕方ないって感じだよな」

俺は携帯から来栖あざみのブログを覗《のぞ》いてみた。最新の「のび～る♪」というエントリのみ、コメントが２０００以上もついている。日記の内容は宮島が言うとおりだった。来栖あざみが飼い猫の脇をつかんで持ち上げている写真と、改行まみれの短文。末尾には独自ブランドの化粧品の宣伝が挟まれている。


「あの～^^;猫ちゃんいやがってませんか？」

「これはないわ。あまりにも常識がなさすぎ」

「猫虐待女はテレビ出るなよ」


コメントのほとんどは来栖あざみを強い調子でバッシングする内容だった。中にはファンからの「あざみんが虐待なんて絶対信じませんアンチに負けないで頑張ってくださいい応援してます」という応援コメントもあったが、嘲罵《ちょうば》の嵐の中にあってはいささか心許《こころもと》ない。

来栖あざみはこのコメントを読んでいるだろうか。読んでいるとして、落ち込み傷ついているのだろうか。あるいはもっとしたたかに、いい宣伝になったと思っているのか。

俺が帰宅してパソコンを起動すると別の話題が盛り上がっていた。山来《やまき》新聞に掲載された「猫持ち上げ騒動に思う現代的即物性」と題された評論家の蔦中茂《つたなかしげる》の短いインタビューが動物虐待を肯定しているとして批判を呼んでいるらしい。太い黒縁眼鏡をかけた白髪の老人がインタビューに答えている写真の下に本文が並ぶ。俺はざっと記事を斜め読みした。

……現在、猫を持ち上げてどうのこうのということが、インターネットで話題になっているでしょう。ああいった騒動を聞くにつけ、ああ、本当に日本人は駄目だな。このままでは未来はないな、と、うっかり絶望しそうになってしまうんですね。文句を言っている人がそろって匿名なのも、非常によくないと思う。はっきり言って卑怯《ひきょう》だよね……

……いたずらに動物に苦痛を与えるとか、そういうことは許されません。動物愛護という問題に相当な重みがあることも認めますが、追及のプロセスがまずい。日本人は昔からそういうところがある。カッと熱くなって、この話はどこから来たんだってことが、頭からスッポリ抜けてしまう。元を辿ればたかが猫を持ち上げる持ち上げないの話ですよ。それの何が特別な問題になるのかさっぱりわからない。……

……私も猫を飼っていますが、はっきり言って猫を持ち上げるなんて日常茶飯事です。もっと本質についてじっくり考える。話し合う。そういう姿勢がないと、いよいよ本当に日本は終わりますよ。……

翌朝。通勤中にRSSフィードを見ると、昨夜読んだ評論家のインタビューが「まとめ記事」になっていた。ニュースサイトから拾い集めた話題に不特定多数の人間のコメントをつけて記事に仕上げるサイトだ。

評論家「猫いじめは日常茶飯事。こんなことで怒ってる日本人は全員馬鹿！」

まとめ記事はこんなタイトルになっていた。はて、あのインタビューにそんな事が書いてあっただろうかと俺は不思議に思う。しかし、編集後のコメント欄にそれを疑う人はいない。俺は知らなかったが、蔦中という評論家はネット受けがすこぶる悪いようだ。政治やら経済やらによく口を出しているから、あちこちで敵を作っているらしい。

「よっぽど日本が嫌いなんだろうなこの老害は。さっさと○ねよ」
「この爺さんがやってきたことを考えるといまさら何言っても、ねえ？（笑）」
「『匿名で意見を言う奴は卑怯者』←権威しか誇れるものがない老害は全員これ

言うよなｗ」

「日本に未来はない未来はないって連呼してるけど未来があるとよっぽど都合が悪いんですかね……（邪推）」

「『山来新聞は評論家の蔦中茂さんに取材し』ここでもうお察し。ステマ新聞には御用作家がお似合いだな」

「猫虐待肯定派ってこんな人しかいないの？　頼りない仲間に恵まれてますね」

「憲法解釈についてもトンチンカンなこと言ってなかったっけコイツ。こういう発言していくら貰えるのかには純粋に興味があるな」

「あー…こりゃダメだ。昔は好きだったんだけど、最近はダメダメだね。騏驎《きりん》も老いては駑馬《どば》に劣るとはこのこと」

「コイツが騏驎だった時期なんかねーよｗｗｗ」

疲れた頭で赤や青の太文字を見ていると軽いめまいがしてくる。続きを読むのはやめた。

３日経つと、ＲＳＳに表示される話題はほぼ猫一色に染まっていた。どこを見ても、猫、猫、猫である。あちこちでさまざまな事件が同時多発的に起こっていて、全容を把握するのはとても無理そうだ。

しかし同期の宮島は経過を逐一追いかけることに夢中になっているらしく、昼休み中にカツ丼を食べながら詳細を教えてくれた。

「最初に猫持ち上げ写真を投稿した大学生いただろ。あれで祭りが起こってるんだよ」と宮島は言う。

大学生は話題の急速な広がりに驚いて、早々にアカウントを閉鎖していた。だが、そのときにはもう「解析班」と称される匿名の集団が彼の身辺を探り終えたあとだったのだ。彼の本名、所属大学、住所、家族構成まで、全てが特定されている。試しにその場で俺が「猫　大学生　住所」で検索しただけで、彼の本名と住所が載っているサイトが表示された。宮島曰く、まとめＷｉｋｉもあるらしい。

さらにネット民は一晩で宝を掘り当てた。彼が未成年の頃より常習的に飲酒や喫煙を繰り返し、所属サークル内で乱交まがいの遊びをしたり、その様子をネットで生配信したりしていたことが残っていたログからわかったのだ。裸の学生たちが出鱈目《でたらめ》な歌を唄いながら乱痴気騒ぎをする動画の話題性は十分で、発見後はお祭り騒ぎになった。数時間後には、流行の歌やアニメのワンシーンと組み合わせたコミカルなムービーが多数制作された。一方で、行為を咎《とが》める苦情の対応に追われた大学は、彼の除籍処分を決定したという。

「芋づるだよ。すげえ時代だよなあ」

宮島はなぜか惚《ほ》れ惚《ぼ》れとしている。それでも、彼が除籍になった段階では元・大学生の被害を憐れみ、調子に乗るネット民に苦言を呈す声も多かったという。「でも、そこからもう一転あってさ」と宮島は熱っぽく続きを語った。

「なんと、そいつの裏アカウントが見つかったんだ。アカウントには一応鍵がかかってたんだけど、偽装アカウントで潜り込んだ勇者がいたのな。で、案の定そいつ全然反省してなかった。大学クビになった。一生恨んでやる。とか言ってるし、まだ酒もタバコもガンガンやってたんだ。それからはもう誰も擁護しなくなっちゃったわけ」

「そりゃ運が悪かったな」

俺は味噌汁を飲み干した。よく見ず知らずの人間を調べるモチベーションが湧いてくるものだ。世の中、思った以上に暇な人間が多いらしい。

発端となる大学生のツイートから10日が経った。

「猫の持ち上げ」の是非を語る者はもうあまりいない。今や、伸びる猫は思想の旗印になっている。それを支持するか否かで人は二つの派閥に分けられる。そんな雰囲気がいつしか醸成されていた。経緯を順に追ってみようとしても、話題は放射状に広がり、絡まり、捻《ねじ》れ、断絶しており、まったく全貌が摑《つか》めない。おそらく全貌などないのだろう。「猫を持ち上げる人間は原発再稼働反対派」などという言葉にどんな背景があるのか、もう俺にはよくわからない。

この現象を集団ヒステリーだと断じる人々もいる。文化人たちは「なぜ猫を持ち上げてこんなに叩かれねばならないのか」「動物愛護病」といった言葉でこの現象を批判していた。しかし「猫持ち上げ」反対勢力は、彼らの過去の言動や出自を持ち出して冷笑した。

動物関係の職業に従事する人々も各所で引っ張りだこだ。さまざまな獣医たちがいろいろなメディアで「猫への接触過多はストレス」という意見や「猫ちゃんの抱っこは適切な愛情表現」という意見を述べた。ペットショップや動物ふれあいカフェは批判の矢面に立たされた。動物の飼育環境が適切かどうかを厳しくチェックされ、実際に虐待が認められる事例も多数報告された。

「人間自然回帰」を唱える一部のナチュラリストは、痩《や》せこけた顔から伸びるひげを撫でながら「生き物が生き物を所有していいわけがない」という趣旨のことをインタビュアーの前で語った。

「猫持ち上げ反対」を強く訴える人々の多くは、動物愛護や環境保全に力を注いでいる。だが、宮島が言うには極度の動物嫌いにも「猫持ち上げ反対派」が多いらしい。動物と人間が接触する慣習を公然と批判できるからだ。ここにきて動物愛護と動物嫌悪は奇妙な利害の一致を見せている。

しかし、反対派の反対派も黙ってはいない。

「私たちには動物と仲良くする権利があります」

「We Love Animals!」

と書いてある横断幕を掲げたデモ隊の行進が、週末の渋谷の大通りで行われた。

彼らは「持ち上げ反対」の風潮は動物好きへの弾圧だとして自由を訴えた。しかし、結果的にそれは逆効果だった。デモ参加者は自ら飼っているペットを抱え歩いていたのだが、がなり立てる騒音や人の多さにおびえて失禁しているチワワをテレビカメラが映し、その映像がネット上を駆け巡ったのだ。

「デモみたいなうるさい空間に犬猫連れていくなよ……」

「こんな神経の人が動物を飼ってると思うとぞっとする」

「口では愛だ自由だ言ってるけど結局はオモチャ扱いしてるのがこれで確定したな」

まとめサイトは喜んでこの事件を取り上げていた。

ここのところ、ペットの写真をネットにアップする人が減ったような気がする。見ず知らずの人間にコメントで噛《か》みつかれることがあるからかもしれない。俺にはもともとそんな趣味はないから関係ないが。

「秦野さん、猫飼ってるんですか」

3時間を超える残業を終え、会社の向かいにあるコンビニに寄って弁当と酒を買う。まぐろ味の猫用缶詰を手に取ったとき、同僚の女性社員に話しかけられた。なぜか心臓が強く跳ねて「ああ、うん。猫」という簡単な返事をするまでに数秒を要した。彼女は半笑いで「へえ、いいですね。お疲れ様です」と言い残し、サラミと発泡酒と黒烏龍茶の入ったカゴを持ってレジに並んだ。

帰宅すると、どっと疲れが体じゅうに押し寄せた。足下でバステが早く飯をよこせと鳴きながら、猫缶の入ったレジ袋に頬ずりをして甘えてくる。無視するわけにもいかないので、買ったばかりの缶詰からミンチ肉を掻《か》き出して皿に盛ってやる。本当は今すぐにでも眠りたいが。

「食わせないと虐待になっちまうからな」

バステは俺の独り言になど耳を貸さず、夢中でエサを頬張っていた。

俺はベッドに倒れ伏し、大きくわざとらしく溜息をつく。

ここのところ仕事が忙しいせいだろうか、溜まった疲労がなかなか取れない。体はこんなに疲れているのに、頭の方は冴えっぱなしで、眠気は訪れない。息苦しい。吐いた空気をそのまま吸っている感じがする。俺はベランダの窓を少し開けて換気をすることにした。

またベッドに倒れたついでに、携帯のスリープ状態を解除する。液晶の光は寝不足のもとだと分かっているが、いっそいつもの習慣を再現したほうが寝付きがいい気がした。

「今日の午後6時ごろ、評論家の蔦中茂容疑者がJR新橋駅の駅員に素手で殴りつけるなどの暴行を加え、全治2週間のケガを負わせたとして逮捕された。蔦中容疑者は容疑を認めており『身に覚えのないことで駅員に引き止められ、つい頭にきてしまった』と――」

ネットニュースを見ながら、ああ、また反対派が叩かれるぞと俺は思った。その直後、糸が切れたみたいに眠気が襲ってきた。

肌寒さでいつもより早く目が覚めた。携帯を握りしめたまま眠っていたらしい。口の端についた涎《よだれ》の跡をぬぐい、のろのろと身支度をする。洗面所で目やにを取っているとき、胸騒ぎがした。

「バステ？」

朝起きてからまだ一度もバステを見ていない。なぜ今ごろ気づいたのか。いつもは奴に顔を踏まれて起きるじゃないか。

カーテンの裾がかすかに揺れているのに気づいて、はっとする。昨夜、換気のために窓を少し開けてそのまま寝てしまったのだった。ベランダの下をのぞき込むと、好き放題に雑草が茂るアパートの中庭が見える。ここは2階だから、猫が飛び降りることは十分ありうる。だが、まだそう信じたくはなかった。部屋のどこかに隠れているのかもしれない。

「バステ。バステ」

名を呼びかけ、耳を澄ます。返事はない。ベッドの下や棚の裏をのぞき込んでも、埃《ほこり》が薄く積もっているだけだった。さして広くないこの部屋で猫が入り込めそうな隙間は限られている。落ち着こうとして、俺は腕や腿《もも》を何度もこすった。

そうこうしていると出勤時刻が迫ってきた。俺は会社に電話をかけ、臨時で有給休暇を取得する旨を伝えた。

PCで「猫　脱走」と検索すると「飼っている猫ちゃんが脱走してしまったら？」というキュレーション記事がトップに出てきた。「猫は長い距離を移動しません。ですので、家の近くに隠れていることがほとんどです。名前を呼んだり、好物で誘ったりしながら捜してみましょう」と書いてある。俺はアドバイスに従うことにした。

空の缶詰の底を爪で叩き、名前を呼んで家の周囲を何度も往復した。正午が近づいてきてもバステは見つからなかった。

自宅に戻ってシャワーを浴び、少しだけ冷静になった。下着一枚でベッドに腰掛けて次にすべきことを検索する。まずは近隣の人に猫の特徴を伝えて、見かけたら連絡を入れてくれるように頼むといいと書いてあった。であれば、まずはアパートの管理人だろう。

不在だった管理人の代わりに彼の妻が顔を出した。

ゆるいパーマのかかった中年の女は面倒そうに「あら大変」と言って、俺が伝えるバステの特徴をメモパッドに書き記した。このアパートはペット可だが、管理人の妻はむしろ動物嫌いだと聞いたことがあるのを思い出した。

「もし見かけたら連絡しますね」

金属製のドアが音を立てて閉ざされた。

連絡を終えても俺の心は全く落ち着かなかった。捜索ポスターを作って近所に貼り出すべきだろうか。しかし、ポスターを作ることで逆にバステがひょっこり戻ってくる可能性をつぶしてしまう気がして、やめた。その日はネットを見る気がせず、ベランダから外を眺めて過ごした。

一夜明けてもバステは戻ってこなかった。管理人からの連絡もない。さすがに2日続けて休むわけにはいかないので、俺は仕方なく会社に向かった。あいつは今、無事だろうか。電車の中でぼんやりしていると、次々に嫌な想像が膨らんでくる。雑多な情報で掻き消そうとタイムラインを辿っていたら、あるニュースが目に入った。

過熱する「猫問題」…女性漫画家に悪質な嫌がらせ

やめろ、開くな。理性が訴える前に、親指がそのリンクをタップしていた。

過熱する「猫問題」…女性漫画家に悪質な嫌がらせ

世間で熱狂的な議論を呼んでいる「猫持ち上げ問題」を巡り、非常に悪質な嫌がらせ事件が起きた。

被害に遭ったのは「猫の持ち上げ画像」に最初に苦言を呈し、その後も現代のペット事情を問題視してきた漫画家の秋生霧江（あきみ きりえ）さん。秋生さんのツイートによると、秋生さんが自宅玄関ドアを開けると玄関前に猫の死骸が置かれていたという。猫は刃物のようなもので首を切られており、発見した秋生さんはすぐに警察に通報した。

この非情かつ悪質な嫌がらせは、猫問題に関する秋生さんの主張に反対する何者かによるものではないかとみられ――。

吐き気がこみあげてきた。その首を切られていた猫は、バステではないのか。血を流し、苦しそうに目を見開いて横たわるバステの姿が頭の中いっぱいに広がって吐きそうになる。

しかし、すぐにそれは思い過ごしだとわかった。よく読むと漫画家の住んでいる地域と俺の家は300キロ以上離れている。殺された猫がバステである確率はほとんどゼロに近い。なのに悪いイメージは消えてくれない。携帯をスリープ状態にし、ゴルフ雑誌の中吊り広告を繰り返し読んで気を紛らわした。

会社に着くと、なぜ急に休んだのかと同僚に尋ねられた。体調がすぐれなかったのだと適当にごまかし、仕事に取りかかる。

「秦野、うどんでも食いに行かないか」

宮島が後ろから俺の肩を叩いた。時計を見るともう12時10分だ。午前中をほとんど呆然《ぼうぜん》として過ごしていたことに、そのとき気づいた。

「ああ、行くか」

人と話したい気分ではなかったが、一人だとろくなことを考えない気がして宮島の誘いに乗った。

「なんか今日、ぼーっとしてるな。大丈夫か」

食堂で早々にうどんを食べ終えた宮島が携帯をいじりながら言った。宮島のような男にもわかるほど、動揺が顔に出ていたらしい。俺は飼い猫が脱走したことを宮島に打ち明けた。未だに戻ってきていないことも。

「大変だな」

言いながら宮島は携帯から目を離さない。

「もしかして、昨日休んだのはそれか」

「うん、実はそうなんだ」

「ていうか秦野、猫飼ってたんだな。まあ、あんまり落ち込むなよ、ほら、最近よくネットで見るじゃん」

宮島は半笑いで俺の目を見て言った。

「その猫だって自由になれて、いま幸せかもしれないし」

ダン、という大きな音が食堂じゅうに鳴り響いた。

「どうしてお前にそんなこと言われないといけないんだ!」

食堂がしんと静まり返っていた。

宮島が目の前で唖然《あぜん》としている。そして、小さい声で「ごめん」と言って携帯を置いた。周囲の客と店員がみんな俺を見ている。

右手の平にじんわりと痺《しび》れを感じた。視線を落とすとコップが倒れて水がこぼれていた。それを見て、俺がテーブルを思い切り叩いていたことにやっと気づいた。

「お拭きしますね」

と、ふきんを持った店員が割り込んできた。

そのあとすぐ俺は我に返り宮島に謝罪した。「ついカッとなってしまった」と逮捕された評論家と同じことを言った。宮島はそれほど気にしていないように振る舞ってくれた。

なぜあんなに大きい声を出してしまったのかわからない。ほとんど無意識だった。

自宅へ続く住宅街の道を歩きながら、俺はいなくなったバステの安否を考えていた。それを斜め上の角度から冷めた目で見つめる俺もいて、「もしこのことをネットに書いたら、どんなコメントが付くだろう」と考えていた。

バステは今どこで「猫がかわいそう」何をしているんだろう。「猫の安全管理もできないのによく飼い主を名乗れたもんだ」まだこの近所にいたりしな「なんで被害者ぶってんだ、コイツ?」いだろうか。飼い猫はそ「猫を家に閉じ込めておくほうがよっぽど虐待」れほど遠くまでいかないはずだ。バステはもとも「もし見つかってももう飼い主の資格ないでしょ」と野良猫だからかなり遠くまで行ってしま「自己責任」うかもしれない。誰かに拾われてしまったかもしれない。「オモチャがなくなってかわいそうですね〜」人馴れした猫だから俺じゃなくてもすぐに懐くだろう。「で？　って感じ」それは良い事なんだろうか。もし悪意ある人間に拾わ「1年に殺処分されてる猫の数知ってるのかなこの人」れていたら、いまごろ遊び半分に虐待されているかも「結局のところ猫じゃなくて自分の心配しかしてないんだよね」しれない。車にはねられて、もう死んでいるかも「で、どれくらい経ったらペットロス（笑）から抜け出して新しい猫飼うのかな？」しれない。保健所に「だから最初から飼うべきじゃなかったってあれほど」連れていかれたのかもしれない。「畜生は紐に繋《つな》いでおけよ」室内飼いとはいえ首輪をしてお「自業自得」けばよかった。

いつのまにか自宅アパートの前にいた。周囲を見回す。この薄闇のどこかからバステの青い目が俺を見つめているような気がした。

「秦野さん」

願望混じりの錯覚を断ち切る呼びかけが後ろから飛んできた。聞き慣れた声だ。振り返ると、人の良さそうな白髪交じりの男が会釈《えしゃく》して近寄ってきた。アパートの管理人だ。

「ああ、よかった。ちょうど電話しようとしていたところなんです」

「なんでしょう」

「お宅の猫ちゃん、さっき見つかりました」

管理人が玄関ドアを開けて出てくる。腕にはバステが抱きかかえられている。

「ほらあ、やっと会えたねえ」

文字通りの猫撫で声で管理人が言う。バステは俺の顔を見ると、ニャアー、と大きな声で鳴いてじたばた暴れた。

「おっとと」

慌てて管理人からのパスを受け取る。バステは俺の腕の中で落ち着きを取り戻し、ゴロゴロと喉を鳴らした。安堵感が俺の体にも伝わってくる。

「近所に野良猫の餌付《えづ》けをしてる奥様がいましてですね、見かけないネコちゃんがいる、綺麗な毛並みだからきっと飼い猫だろうって僕に教えてくれたんです」

「そうだったんですか、ありがとうございます。わざわざ預かってくださって」

俺は心底ほっとして、管理人に感謝の意を伝えた。

「いや無事でなによりですよ。ご心配だったでしょう」

「ええ、まあ。世間じゃ猫のことで大騒ぎだったみたいですし、気が気じゃなかったです」

俺が顔を緩めて言うと、管理人は首を傾げた。

「は、そうなんですか。あまりニュースに詳しくなくて」

管理人に再三お礼を言ってから、階段を上る。

自宅の玄関ドアを閉めると、バステは俺の腕をすり抜けて床に降り立った。

「逃げるなよ」

部屋の照明を点《つ》けるのと同時にバステはキッチンへ走った。俺は冷蔵庫からまぐろ味の缶詰を取り出して、たっぷり青い皿に盛ってやる。

よほど腹が減っていたのか、バステはいつも以上に夢中で餌をがっついている。

俺は椅子に腰を下ろし、缶ビールを開けた。とりあえずは一件落着だ。

ＰＣを起動して、メールチェックをする。しばらく見ていなかったＲＳＳフィードに「猫」の文字はほとんど見当たらない。唯一発見したエントリーは「猫持ち上げ問題とはなんだったのか」というブログ記事だった。

何かが脛《すね》に押し付けられる感触。足下を見ると、満腹になったバステが足にまとわりつき、丸い目で俺を見上げていた。

「もう食ったのか」

俺はバステの両脇に手を差し入れ、持ち上げた。胴体が2倍近く伸びて、後ろ足が地面から離れる。

「長い猫だな」

抱きかかえようとすると、バステは俺の顔の前で大きなげっぷを一つした。

名称未設定ファイル_02
カステラ

深夜のチャット。

「あ、なんか俺、急にカステラ食いたくなってきたかも」

「急すぎるw」

「あーーカステラ食いてーーーー」

「コンビニ行けば？」

「いやそこまでではない」

「なんなんだよ。つか俺も食いたくなってきたカステラ」

「南蛮渡来のポルトガル菓子食いてー」

「言い方が古いw でもポルトガルのカステラって今のカステラとは全然違ったらしいよ。うろ覚えだけど」

「宣教師が伝えたんだっけ。乳製品を使わないから牛乳飲まない当時の日本人の文化に馴染《なじ》んだとかなんとか。昔、なんかで読んだわ」

「そうそう。で、オーブンがなかったから代わりになる引き釜っていう物を作った」

「長崎のカステラは水飴が練り込んであるからしっとりしてるんだよな。ほんとはもっとパウンドケーキみたいにパサパサしてたんだけど、日本人の口に合わなくて砂糖蜜で煮たとか」

「そういう逸話が残ってるらしいな。それが平戸《ひらど》名産のカスドースって銘菓のルーツなんだってな」

「そもそも長崎カステラのルーツは寛永元年に創業した福砂屋《ふくさや》のカステラにあるらしいって聞いたことある」

「ああ、聞いたことある気がする」


そこで二人のチャットは22秒途絶えた。同じWikipediaのページを開いていると感づいたのだ。

名称未設定ファイル_03

この商品を買っている人が買っている商品を買っている人は

水色の絵の具をキャンバス一面に塗り広げたような青空だった。

朝の日差しを背に受けながら、俺は河川沿いの歩道を駆けていく。

秋晴れ。暑くもなく寒くもないちょうどよい気候。頭を空っぽにして運動に集中するにはうってつけの早朝だ。購入したばかりのシューズは足にぴったりと馴《な》染《じ》む。オレンジのジョギングウェアは汗を吸い取ってさらさらした肌をキープしてくれる。

川下のほうにある大きな時計台までたどり着いたらUターン。そのまま家まで走って戻るのが毎朝のルーティンになっている。今日みたいな日曜は、平日よりものびのびと走れる気がする。世界を包む空気が少し緩んでいるような。俺は水と緑に囲まれたこの町が気に入っていた。

自宅の近くに差し掛かって「喉《のど》が渇いたな」と思った。

道路脇にある自動販売機の前に立つと、ポケットに入った〝Yousia〟《ユーシア》から鈴のような小気味のいい音が鳴った。自販機も呼応するように電子メロディを返し、直後にガコンとボトルが落ちる音がする。取り出し口からは新商品のスポーツドリンクが出てきた。キャップを開けて飲んでみると俺好みの爽やかなカシス風味だ。一汗かいた体に塩分が染み渡る。

味が気に入ったのでこのまま持ち帰ることにした。もし気に入らなかったら併設された返却口に容器を入れてしまえば料金が引き落とされることはない。しかし、モスマン社が提供するレコメンド機能はかなりの確率で正解を引き当ててくれる。


大通りに面した郵便局を左に曲がって少し進んだところに俺の自宅がある。治安は良好で騒音もないのどかな住宅街のマンションだが、今朝は何やら様子が違っていた。

マンションの斜向かいに立つ古い一軒家の前に救急車が停まっている。複数人の救急隊員が何やら作業に追われている。

何かあったのだろうか。

あそこは確か、独り身で偏屈者のじいさんが住んでいるはずだ。どこからか拾ってきたゴミを庭先に溜め込んでいるので近所では少し有名な迷惑老人である。

俺は5階に住んでいるから実害はほとんどないのだが。

同じマンションに住む主婦がちょうどゴミ出しから戻るところだったので、声を掛けてみた。

「おはようございます」

「あら、池森《いけもり》さん。おはようございます。ジョギング？」

「はい。いま戻ってきたとこで。あの、あそこって一人暮らしのおじいさんの家ですよね。なんかあったんですかね」

「ああ、ゴミ屋敷のおじいさんでしょ。なんかね、庭先で倒れてるところを通報されたんだって。脳溢血《のういっけつ》だかなんだかわからないけどかなり危ない状況らしくて、もしかしたら死んじゃうかもって」

どうやら救急隊員に根掘り葉掘り聞いた直後だったらしい。彼女はその後も聞いてもいないことをペラペラと説明してくれた。

「でもこれでゴミ問題も解決かしら。って、やだ、罰当たりよね。こんなこと言ったら」

まったく罰当たりだ、と思いながら笑って受け流す。まあ、おばさんは1階に住んでいるから、じいさんが溜め込むゴミにも思う所があったのだろう。

「ところで池森さん、あなた独身だったわよね」

「ええ、まあ」

「そろそろ身を固めたほうがいいんじゃない？　あたしの姪《めい》っ子なんだけどね、いまちょうどあなたくらいの歳で独身なのよ。もしよければ一回会ってみたらどうかしら。すごおく良い子でね、きっと気にいると思うわ」

「いやあ、今のところまだひとりが楽しくて」

俺は愛想笑いでごまかしつつ、主婦の長くなりそうな縁談の勧めを適当に打ち切って別れを告げた。まったく、お節介なおばさんだ。いったい俺の何を知っているというのだ。

玄関前の宅配ボックスを開ける。ダンボール箱が入っていた。外装には見慣れた「Mossman」のロゴ。さて、今回はなんだろう。

エレベータの中で軽く揺すってみる。コトコトと音がした。軽くて小さな箱が入っているらしい。レコメンド便の箱の中身を想像するのは帰宅時の楽しみの一つだ。

5階、自宅ドアの前に立つ。すると扉センサーがポケット内のYousiaを感知して解錠する。ドアノブを回すと部屋の明かりが勝手に点《つ》いた。朝の日光を活かすため控えめな光量だ。

テーブルに箱を置いて、梱包を解いていく。箱は裏面のホックを外すと簡単に開く。中から出てきたのは腕時計型の健康管理器「Watch-ing《ウオッチング》」だった。これがあれば付けているだけで心拍や体温、消費カロリーなどさまざまなデータを集計できる。ジョギングが日課の俺としては、なかなか興味をそそられる。現物が目の前にあると所有欲はさらに高まる。

モスマン通販のレコメンド便は、顧客が注文していない商品を送ってくる。ポケットサイズの情報蓄積デバイス、Yousiaが集めた顧客情報をもとに、顧客が気に入りそうな商品を先回りして配送するのだ。精度はかなり高く、今まで送られてきたものがイマイチだったことは少ない。また、レコメンド便で購入した商品は通常料金の3割引き程度で買えるのも嬉しい。ジョギングシューズやウェアもこうやって手に入れた。今では普通に注文して購入する機会のほうが少ないくらいだ。

Watch-ingは、写真で見るよりもずっと格好よかった。鮮やかなグリーンのバンドも俺好みで、よりジョギングが捗《はかど》る明日が想像できる。集計されたデータはYousiaに自動的に送られ、レコメンド機能の向上に役立つ。俺はこれを「買った」ことにした。前からこんなのが欲しかったのだ。

ソファに横になってテレビを流し見する。子供向けアニメや芸能人の旅行番組ばかりで、休日の朝のテレビはつまらない。

何チャンネルかザッピングしていたら、中高年向けの情報番組が目に入った。「判断力を失った現代人の行く末」というキャプションが俺の注意を引く。

年老いた評論家がおぼつかない口調で自説を展開して、司会者はうんうんとうなずいている。

「最近の若い人は自分の頭で考えるってことができないでしょう」

「はい」

「昔は違ったんです。誰も助けてくれなかったからね。みんな自分で考えるしかなかった。でも今は社会全体で個人を甘やかしているでしょう。ああしなさい、こうしなさいと」

「そうですね」

「最近はモスマン社が出しているYousiaという器械が流行していますね。みんな喜んで個人情報を手渡して、与えられた指示の言いなりになってね。これは亡国の前ぶれですよ」

「ほお」

「思考が画一化していきますから。ロボットみたいに多様性が失われていきます。どこかで線引きをしなければ危険です。いや、もう手遅れかもしれません」

「なるほど。さて、ここでSNSに寄せられた視聴者の感想を。『同感。自分のことは自分で選ぶべき　会社員・42歳』『便利かもしれないが、私は使いません。流出や不正のことを考えると恐ろしい　主婦・39歳』『特定企業が情報を独占するのは明確な法律違反　無職・64歳』。その他たくさんのご意見を……」

安易なディストピア思想だ。俺は鼻で笑った。この老人は、レコメンド機能の指示に従って全員が同じような考えをして、同じような行動をとるようになると思っているのだろう。そんなわけはない。社会から多様性が失われると言うが、俺がYousiaを便利に使う一方でこんな番組が堂々と放送され多数の支持を得ている。これがまさに社会の多様性を証明しているじゃないか。時代に取り残された老人のたわごとにすぎない。

俺はYousiaを充電するためにポケットから取り出した。このセラミックでできたクルミ大の物体が、俺のさまざまな行動記録を蓄積している。色はモスマン社のイメージカラーであるモスグリーン。なだらかなハート形のフォルムを指の腹で少し撫《な》でてから、盃《さかずき》のような充電器にYousiaを載せた。中心部が淡く光って、ゆっくりとした鼓動のような明滅を繰り返す。

そういえば、斜向かいのじいさんもテレビの評論家のようにYousiaを嫌っていた。一度自販機の前でYousiaを使っているところを見られて、聞こえよがしに嫌味を言われた。たしか「そんなものの何が良いんだ」とか、なんとか。

ソファの上で横になる。

目をつぶっているうちにテレビの音量がゆっくりと小さくなり、やがて電源が切れた。それに伴って室内照明も徐々に光量を落としていく。Yousiaに内蔵されたモーションセンサー機能のおかげで、俺はスムーズに夢の世界へと案内される。

ポポン。

携帯電話が通知音を鳴らした。

まどろみから引き戻され、俺は上体を起こした。即座に照明の明るさが戻る。なんだろう、仕事関係の通知は来ないように設定してあるはずだが。

見ると、通話アプリからの「友達申請」だった。

1件の友達申請　Akiko Kagata

その名前を見たとき、言いようのない懐かしさが胸を満たした。加賀田亜希子《かがたあきこ》。

俺のかつての恋人。

「私、来月結婚するんだ」

「そうなんだ、おめでとう」

亜希子の報告は意外ではなかった。通話を開始したときから、なんとなくそんな気がしていたのだ。遠く離れた地方に引っ越した彼女が次に連絡をよこすなら、きっとそんなときだろうと。

「相手はどんな人なんだ?」

「同い年の人。お見合いで知り合ったんだけど、海洋調査の仕事をしててね……」

その口調から幸せそうな様子が伝わってきた。大学時代、彼女と過ごした日々を思い出す。

「今日は旦那さんは?」

「出かけてる。まだ、旦那じゃないけどね」

「このタイミングで電話してきた理由がわかったぞ。結婚してから連絡するとなんかやましい気がして、だから今が最後のチャンスだと思って……」

「やだ、なんで分かるの」

「きっと俺もそう考えるだろうから」

俺は笑った。彼女も笑った。

俺と亜希子は似たもの同士だった。高校・大学と学部まで一緒だったし、本や音楽の趣味もだいたい一致していた。少しシニカルな性格もよく似ていた。しかし、あまり似すぎているのもよくなかったのだろう。近すぎたふたりの関係は長くは続かなかった。数百キロの距離を隔てて他愛ないことを話している今のほうが、丁度いいのかもしれない。改めてそう思った。

「最近、ジョギングを始めたんだ」

近況報告をし合ううち、彼女がそんなことを言った。俺は思わず大きな声を出した。

「なんだ。亜希子もか。俺もだよ」

「やだ、そっちも？　ほんとに似てるんだね、私たち」

「俺はレコメンド便で急にシューズが送られてきたのがきっかけで、なんとなく走ってみようかなってさ。もともと運動不足だったし」

「ウソ。それも同じ。私のとこにもシューズが来たの。それで、せっかく3割引きだしと思って。私も運動不足だったし」

「こんな偶然ってあるんだな」

「いや」

少し間を置いて、亜希子が言う。

「偶然じゃないかも」

「じゃあなんだ、まさか運命？」

「ううん。そうじゃない。これってさ、レコメンド機能のおかげじゃない？　私たちの趣味嗜好《しこう》が共通してるせいで、似たようなものがレコメンドされた」

「ああ、なるほど。俺らの購入履歴とかが似通ってるから、結果的にオススメされる物も同じになるわけだ」

勘の鋭さでは、いつも亜希子のほうが上だ。

「じゃあもしかして、あなたの家にも届いた？　腕時計みたいなやつ」

「腕時計？　ああ、『Watch-ing』か。届いたよ。前から欲しかったから使うことにした。亜希子も？」

数秒の沈黙のあとに亜希子が答える。

「私はちょっと迷ってるんだよね。最近、なんか嫌な感じがして。確かに良いものだとは思うんだけど……」

彼女がスピーカーの向こうで言葉を選んでいるのが伝わってきた。

「あまりに便利というか、いつも先回りされるから。行動を操作されてるような気分」

「操作？」

俺は声を出して笑った。

「笑うことないでしょ。現に私たちは知らないうちに同じ行動をとってたわけだし、不安になったっておかしくないと思うけど」

「ごめん。でもそりゃ考えすぎだよ。俺たちは偶然にも行動パターンが似ていたから、同じものをレコメンドされたってだけだ」

「だけど、たまに噂《うわさ》を聞くじゃない。モスマン社は物流を握って世界征服を企んでる、とかなんとか。Yousiaの情報を集めてる人工知能って、たしか世界最大級の凄い量子コンピュータなんでしょ。便利だけど裏で何考えてるかわからなくて怖い」

「大企業につきものの陰謀論じゃないかな。さっきもテレビでそんなことを言ってる評論家を見たけど、社会の複雑さってものを分かってないよ。昔の小説とかマンガに、人工知能が人間を鎖に繋《つな》いで家畜みたいにするディストピアが出てくるだろ。でもあんな社会、実現するわけない」

「そうかな」

亜希子は不服そうだ。

「ひとくちに人間って言ったっていろいろいる。それを一つの型に押し込もうとしたらいつか必ず爆発するよ。人間が自由を求める力は想像よりもずっと強いんだ。たとえば今後、モスマン社のレコメンド便が商品の購入を強制するようなことがあったら、一転して消費者は反抗するはずだ。だいたい、もし社会を操作できるような力があるとしたら、未だに世間で事件やらデモ活動が起こってるのはおかしいだろ。俺に言わせれば、ディストピア論者の想像する未来は楽観的すぎる。人は簡単に一色には染まらない」

「うーん。でも……」

釈然としない、という感じで亜希子は唸《うな》る。これ以上ダメ押しすると彼女を不機嫌にしてしまうかもしれない。少し引こう。

「まあ、気持ちは分かるよ。頼んでもない商品が送られてくるなんて、俺も最初は慣れなかった。でも最終的には自分の意思で決めることだ」

「それって本当に自分の意思なのかな」

亜希子は食い下がった。

「あなたはその腕時計が本当に欲しかったの？　送られてきたから欲しくなったわけじゃなくて？」

「なんだ、哲学的な話だな」

俺は少しだけ残っていたスポーツドリンクを飲み干した。

「そんなこと言ったら、テレビＣＭだってそうだろ。美味しい、便利、大流行、と連呼されてるうちに欲しくなってくるもんだ。そこを厳密に区別するなんてできないよ。むしろ、無神経にいらないものを押し付けてくるＣＭよりも、Yousiaを経由して個人の嗜好に合わせたものを薦めてくれるレコメンド便のほうが上品だと思うけどなあ」

「上品だからこそ、なんか不気味に感じるの。知らないうちに選択の可能性が狭められて、型にはめられていってるような気がする。行動の押し付けみたいなわかりやすいやり方よりもずっと巧妙な形で、青写真どおりの世界が作られてるみたいな感じがしない？」

「もしかして、マリッジブルー？」

「ちょっと、私は真剣なんだけど」

まずい、怒らせてしまった。だが、彼女が以前よりナーバスになっていることは明らかだった。俺に電話をかけてきたのも、結婚を前にして言いようのない不安を抱えていたからなのだろう。きっと、今日の俺は聞き役に徹したほうがよかったのだ。

「ごめん。無神経だった」

「謝らなくてもいい。あなたが言うとおり、私ちょっと不安定なのかも」

亜希子の声は弱々しくなっていた。

「何かあったのか？」

「結婚相手とはお見合いで知り合ったって言ったでしょ。実はね、相手はYousiaの情報をもとにレコメンドされた第一候補の人なの」

ああ。そういえば、最近モスマン社は結婚マッチングサービスも始めたのだ。

「すごく素敵な人で、会ってすぐこの人しかいないって思ったんだけど、この人を選んだのは本当に私なのかだんだん不安になってきたの」

「選んだのは君だよ」

「選ぼうと思わせたのは、きっとモスマン社よ」

俺はその言葉にうまく答えることはできなかった。

「私、なぜか確信してるの。あの人と結婚すれば、きっとずっと幸せに暮らせるって。だからこそ選ぶ余地なく正解を引き当ててしまうことを怖く感じる。好きだから選んだのか……それとも選ばされたものを好きになってるのか、わからなくなって」

簡単な相槌《あいづち》でもいいから彼女に言葉をかけたかった。でも何も言えない。

いつしか俺は彼女の言葉に妙な説得力を感じていた。

「あなたは支配と多様性は両立しないと思ってるみたいだけど、私は違うと思う。全てを一色に塗り替えてしまうのだけが支配じゃない。きっと、いろんな人形を配置して好みのジオラマを作るような支配もある。世間の流れに反発してるような人も、バランスを取るために誰かがそこに置いてるのよ。いつでも取り除けるように準備しながら」

沈黙が訪れた。それは5秒、10秒と続き、俺は彼女が泣いているのではないかと思って耳を澄ませたが、すすり泣きの音は聞こえてこなかった。

「……亜希子。亜希子？」

「………ごめん、喋《しゃべ》りすぎて喉が渇いちゃって」

口調からして泣いていたわけではなさそうだった。俺は少し安心した。

「水でも飲んでたのか」

「ううん。ジュース。カシス味で美味しいんだ」

カシス味。俺は手元にある空のボトルを注視した。さっきジョギング帰りに買ったドリンクもカシス味だ。なぜか嫌な感覚がした。

「なんか、いろいろ言ったらスッキリした。ごめんね、付き合わせちゃって。言われたとおり、結婚が近くて不安だったのかも。地元を離れちゃったから近所に何でも話せるような友達もいなくて」

「俺で良ければいつでも相談に乗るよ」

彼女の声には元来の明るさが戻ってきていた。

「ありがとう。やっぱり私もWatch-ing買おうかな。ジョギングするならあったほうが便利だろうし。毎朝、近所の川沿いを走ることにしてるんだ」

「俺もだ。そっちも近所に川があるんだな」

「うん。気持ちいいよ。毎朝、大きい時計台が見えるところまで走って、家まで戻るの」

川沿いを走って、時計台まで？

悪寒《おかん》が走る。俺とまったく同じじゃないか。

偶然、なのだろうか。

足元から不安が染み込んでくるような感覚。

「もしもーし」

偶然だろう。きっと。

「ねえ、聞いてる？」

「あ、ごめんごめん。ちょっと俺ボーッと」

そのとき、大きなサイレンの音が俺の言葉を遮《さえぎ》った。受話口からだ。

「ん？　なあに。聞こえなかった」

「近所で何かあったのか？」

「ちょっと窓の外見てみる」

窓際まで行った亜希子がカーテンを引く音がした。

「どう？」

「なんか、向かいの家の前に救急車が停まってる。どうしたんだろ」

悪い予感がする。その答えを知りたい気持ちと知りたくない気持ちが交錯した。

「向かいの家の人って、どんな人なんだ？」

「独身のおじいさんだよ。なんかすごく頑固で変な人でね、そこらの野良猫にエサやったり、どっかからゴミ拾ってきて溜め込んだりしてる人。……なんでそんなこと聞くの？」

「いや」

口の中がカラカラに渇いていた。

「ちょっと気になってさ」

「おじいさん、大丈夫かな」

「ゴメン、ちょっと体調悪いかも」

「えっ」

とても話を続けられる気分じゃなかった。

「そろそろ切るよ。結婚おめでとう」

気が向いたらいつでも掛けてきてな、そう言って俺は通話を終えた。

静寂な部屋で、俺は震えながら両腕で自分の体を抱きかかえた。

なぜだ。

なぜ、俺と亜希子の行動が。行動どころか、居住環境までもが一致している？

「いろんな人形を配置して好みのジオラマを作るような支配もある」

彼女の言葉が頭の中で何度も鳴り響く。

充電中のYousiaが目の前で穏やかな鼓動を繰り返している。

「世間の流れに反発してるような人も、バランスを取るために誰かがそこに置いてるのよ。いつでも取り除けるように準備しながら」

庭先で倒れているじいさんの顔が頭に浮かぶ。

いや、ありえない。世界の仕組みはそこまで単純ではない。

それに俺は自分で選んだのだ。俺はいつだって自分で選んできた。ここに居を構えることも、ジョギングを日課にすることも。誰かに選ばされたことなど一度もない。選択肢を吟味した上で、俺が選んだのだ。

だから、偶然なのだ。俺はYousiaを充電器から取り上げギュッと握りしめた。

「偶然だ」

口に出して言ったのと同時に、家の呼び鈴が鳴った。どうにか落ち着きを取り戻して玄関まで歩く。

「はい」

ドアを開けると、モスグリーンの制服を着た青年がまっすぐ立っていた。

「お世話になっております。モスマン社の佐藤と申します」

「配達か何かですか」

「いえ。本日は池森さまに、弊社サービスのアナウンスをしに伺いました」

彼は爽やかな笑顔を見せ、俺にパンフレットを手渡した。

「弊社の新サービス、モスマン・パートナーズです。お客様のYousiaの履歴を参照して、最もふさわしいパートナーをサーチ、マッチングいたします。今なら手数料無料でご案内可能となっております。利用者はここ数ヶ月で急増しております。いずれも大変なご好評を頂いております」

自信に満ちた声で説明を続ける。

「きっと、運命の人と出会えるはずです」

「運命の人、ね」

「たとえば、こちらの方などいかがでしょうか」

彼は慣れた手つきでタブレット端末を起動して俺に向けた。見知らぬ女性が微《ほほ》笑《え》んでいる写真と、簡単なプロフィールが表示されている。

俺は彼女の大きな瞳をじっと見つめて、薄く微笑んだ。

「素敵な人ですね」

彼も嬉しそうに笑った。

「そうでしょう？」

名称未設定ファイル_04
カスタマーサポート

チャットログ：00024991

Fujita (21:14)：ご利用ありがとうございます。ユーザーサポートセンターの藤田と申します。鈴木憲太郎さまでお間違いないでしょうか？

24991(21:14)：はい

Fujita (21:15)：お問い合わせは、スマートフォン『Bigbang A10』の不調についてでお間違いないでしょうか？

24991(21:15)：はい

Fujita (21:16)：かしこまりました。ご迷惑をおかけして申し訳ございません。

24991(21:17)：携帯に入れない

24991(21:17)：指当ててるのに携帯の中に入れないです

24991(21:17)：今は妻の携帯借りてるんですけど

Fujita (21:18)：「お使いの端末の指紋認証が反応せずロック解除できない」ということでよろしいでしょうか？

24991(21:19)：はい

Fujita (21:19)　**：通話サポートもご利用可能ですが、切り替えますか？**

24991(21:20)　：大丈夫です

24991(21:20)　：いままで親指当てたら入れてたのに

Fujita (21:20)　**：ご迷惑をおかけして申し訳ございません。**

Fujita (21:21)　**：故障でなければ、なんらかの理由でセンサーの反応がうまくいっていないのかもしれません。**

24991(21:21)　：本人の指紋なら入れるんですよね？

Fujita (21:22)　**：指やセンサーの汚れ、湿気や乾燥の程度によってはうまく反応しないことがございます。**

24991(21:22)　：指が冷たいのがよくないのかと思って温めたりはしてるんですけど

24991(21:23)　：ぜんぜんだめです

Fujita (21:23)　**：指紋認証センサーは生体電気から指紋の形状を特定しています。角度によっては形状が正しく認識されないこともありますが、こちらはお確かめになったでしょうか？**

24991(21:26)　：わかりました

24991(21:26)　：すみませんありがとうございました

Fujita (21:27)　：鈴木さま?

Fujita (21:29)　：解除できましたでしょうか?

チャット終了

名称未設定ファイル_05
天才小説家・
北美山修介の秘密

思わず「小おどり　おどり方」でネット検索してしまうほど嬉しかった。

あの、北美山修介《きたみやましゅうすけ》からメールの返事が来たのだ。

北美山修介は10代の女子から圧倒的な支持を得ている覆面小説家だ。代表作は『秋桜《コスモス》の園』『わたしと』『午前2時のチャイム』などで、少女同士の淡い友情と恋愛模様を描いた学園ものを得意としている。中学2年生のときに初めて彼のデビュー作『枯葉ひろい』を手にして以来、わたしはその甘い耽美《たんび》な世界に一発でノックアウトされてしまった。一行読むごとにため息が出る。どうして大人の、しかも男の人が、女の子の繊細な心の動きをここまで美しく描けるのだろう？

それから、わたしは一気に北美山修介に傾倒した。文芸界屈指のヒットメーカーかつ速筆として知られる彼の著書はデビューから10年でゆうに70冊を超えるけれど、半年でコンプリートした。どの本も最低5回は読み返し、そのたびに優美な世界に浸りながらベッドの上で萌《も》え悶《もだ》える。ほんとうにもう、この素敵な世界に比べたら、現実の男なんて取るに足らない虫だ。わたしが信じられる男の人は、北美山修介ただ一人。

その彼からメールが届いたのだから、冷静でいられるわけがない。

先週、ダメ元で送ったファンレターもといファンメール。彼の公式サイトに設置されたメールフォームの小窓に、わたしは積年の想いを８０００文字かけて綴った。新刊の『アガスティア』で描かれる恋の切なさに涙がこらえられなかったこと、先生の真似《まね》して小説を書いてみたけれどうまくいかないこと、過去作品の特に好きな一節について……書いては消してを繰り返し、なんとか文章量を⅒に抑えるのは大変だった。悩んだ末、最後にわたしが書いた小説を公開しているサイトのＵＲＬも添付した。長篇を書こうとして挫折《ざせつ》した未完成作だから恥ずかしかったけど、思い切って送ってしまった。

返事は期待していなかった。相手はベストセラー作家だ。わたしはただの一読者の女子高生。天才・北美山修介からしたら、きっと退屈な有象無象《うぞうむぞう》の一人でしかない。

なのに、まさか。

メールボックスに「北美山修介」の名を見つけたときは、２秒ほど心臓が止まった。

返信にはこう書いてあった。

西田岬《にしだみさき》さん
メールありがとう。ぼくの読者の中でも、きみほど深く作品を読み込んでくれている子はほとんどいないんじゃないかな？　特に『秋桜の園』の浜辺の描写は力を入れていたから、褒めてもらえて嬉しいです。

もしよかったら、ぼくの事務所に見学に来ませんか？　きみからもっと詳しい話を聞かせてもらえると、ぼく自身もいろいろ参考になると思うし。

あと、小説を書いているって教えてくれていたよね。ぼくからいろいろとアドバイスできることもあるかもしれません。ぼくのアドバイスでよかったら、だけどね。

じゃあ岬さん、お返事待っています。　北美山

目を血走らせて、何度も文面を読み返した。何かの間違いかと思ったけれど何度読んでも間違いない。「ぼくの事務所に見学に来ませんか？」そう書いてある。

喜びが、プレッシャーに変わる。鼓動のＢＰＭが300くらいになった。

ぼくの事務所に見学に来ませんか？

ぼくの事務所に見学に来ませんか？　ぼくの事務所に見学に来ませんか？　ぼくの事務所に見学に来ませんか？

行きます、の4文字を送るまでに3日かかった。

「それで今日の放課後に行くの？　その小説家の北山なんとか」

紙パックのミルクティーを吸い終わったアキが、ストローの先を噛《か》みながら言う。

「だから、北美山修介だって。何度言ったらわかんの」

わたしは『アガスティア』の表紙をアキの目の前に突き付けた。

「でもそれ、なんか怪しいよ」

「なんで」

「だってさあ、顔も知らない読者をさあ、いきなり家に呼んだりする？」

アキは疑惑の眼差しをわたしに向ける。

「家じゃなくて事務所。そういうこともあるのかもしれないじゃん。小説に出てくるキャラは高校生の女の子が多いし、実際の高校生に取材したいのかも」

メールに「きみほど深く作品を読み込んでくれている子はほとんどいないんじゃないかな」と書いてあったことは、恥ずかしいので言わない。

「そうやって読者の女の子を連れ込んでさ、変なことしてるんじゃないの」

「やめてよ、先生がそんな人なわけないでしょ！」

わたしは机を叩《たた》いて否定した。友達といえど言っていいことと悪いことがある。あの北美山修介が、そんな変態のわけがない。

「ごめんごめん。でも万が一、ってこともあるんだからさ、岬も気をつけてね。じゃ、あたしこれから吹奏楽の定例会だから」

アキはそう言って教室を出ていった。

気をつけて？　何を言うか。北美山先生に限っては、億に一つだってありえない。彼は世の中の男たちなんかとは魂のステージが違うんだから。

北美山修介の事務所は、山手線沿線の住宅地にあった。もし表札に「北美山プロダクション」と書いてなかったら、普通の一軒家にしか見えない。

いや、「普通」ではない。これはかなりの豪邸だ。見上げてみると3階建て。駐車場には4台も車が停まっている。わたしが住んでいるマンションの10倍は広そうだ。

インターホンを押そうとする指先が震える。わたしは何度も何度も深呼吸してから意を決して「♪」マークのボタンに触れた。

「はい」

スピーカーから男の人の声がした。脳が凍《い》てつく。

「あ、あ、はい。えっ、あの……」

「もしかして、メールくれた西田さんですか？」

「はい。そう、です」

「少々お待ち下さい」

スピーカーの音声が切れる。どうしよう。このままだと北美山先生と対面してしまう！

数十秒して、重そうなドアが開いた。

「西田岬さんですね」

ポロシャツを着た男の人が顔を出した。わたしは問いかけに無言でうなずいた。

「ようこそ、お待ちしてました。あ、どうぞ、入って大丈夫ですよ」

わたしは夢遊病者みたいに歩いて、促されるまま事務所に足を踏み入れた。目の前のこの人が、この背中が北美山先生……？　ちらっとしか顔を見られなかったけど、年齢は20代半ばくらいに見えた。思ったよりもずっと若い。

清潔な応接間に案内されて、わたしは赤いソファに座った。案内してくれた男の人がお茶を注ぎながら言う。

「ごめんなさい、前の仕事が押しちゃってて。北美山先生はあと5分くらいでいらっしゃいますから。少々お待ち下さい」

「え……はい」

違った。この人は北美山先生じゃない。事務所で働いている人だ。彼は応接間を出て行った。一人になったわたしは少しホッとして、コップのお茶で唇を濡らした。少しだけ余裕が戻った。

部屋を見回してみる。よく片付いた、モデルルームみたいな空間だ。壁の本棚には北美山先生の著書がずらりと並んでいる。もちろんわたしは全て揃《そろ》えているけれど、こうして見ると北美山修介という作家の多作ぶりがよくわかる。しかも、そのどれもが傑作。わたしはそんなとんでもない人とこれから相対するのだ。

入り口のドアが開く音がした。全身に緊張が走る。

そこには、眼鏡をかけた綺麗な女の人が立っていた。

「はじめまして、北美山修介です」


「驚いた？」

「はい、正直、かなり。まさか……」

わたしは、北美山先生が出してくれたフルーツタルトにフォークを入れながら答えた。

「北美山修介先生が、女の人だったなんて」

目の前でニコニコと笑いながらタルトを味わっている、ボブカットの女性。彼女こそが、北美山修介その人だった。

「イメージ壊しちゃったかしら」

「いえ、そんな」

わたしは慌てて首を振る。気を遣って言ったわけではなかった。確かに男性じゃなかったのは意外だったけれど、よく見れば北美山先生はわたしが愛した小説のイメージそのものだった。年齢は30代前半くらいだろうか？　上品な振る舞いに、知的な雰囲気と美貌を兼ね備えた容姿。そのまま北美山作品の登場人物になりそうだ。女優だと言われても信じてしまうだろう。

「ほら、わたしが書くのって少女小説でしょ？　デビュー直前に、『男が書いてるってことにしたほうがインパクトがあっていいんじゃないか』なんて出版社の人に入れ知恵されて、言われるがままにね……。がっかりしたでしょう」

「全然、そんなことないです！　わたしが好きなのは先生の小説ですから……」

「そう言ってくれると嬉しいわ。読者の中には、作品と作者をどうしても結びつけちゃう人がけっこう多いから」

たしかに、そういう読者は存在する。ネットの評判を見ていても、「男性作家が書く百合《ゆり》小説なんて気色悪い」と貶《けな》す輩《やから》が少なからずいる。

「わたしは、そういう読み方は間違ってると思います」

「だといいんだけどね……」

そう言って笑う北美山先生の目には憂いが宿っていた。性別を偽っていることに、きっと大きな葛藤があるのだろう。小さなため息。

「わたし、本当に北美山先生の作品が好きなんです」

思わず言葉が口をついた。

「先生の書く物語はすごく綺麗で……読んでいる間だけ、嫌な現実を忘れられるんです。メールにも書きましたけど、『秋桜の園』の、『ふたりの重ねた手に灯る熱が、この夜の浜辺の唯一の命だった』ってとことか、本当にすごくて……ええと……」

だめだ、本人を前にすると全然まとまらない。それでも北美山先生はうんうんと嬉しそうにうなずいてくれた。

「本当によく読んでくれているのね、ありがとう」

そして、言った。

「今日聞いたことと、これから聞くこと、他言無用でお願いできる?」

微笑《ほほえ》みを絶やさず、真剣な瞳でわたしを見つめる。

「はい」

もちろん、わたしは誰にも言うつもりはない。返事を聞くと、先生は「よかった」と呟《つぶや》いた。

「わたしはね、もっと面白い小説が書きたい。読んだだけでその人の世界が広がって豊かになるようなものを。でも、わたしだけじゃどうしても限界がある。努力では越えられない壁があるの」

思いもよらなかった。北美山先生ほどの人が、そんな悩みを抱えていたなんて。

わたしの驚きを見通してか、先生は笑った。

「あなたには、わたしが万能に見えるのかもしれないわね。でも、しょせん一個人が扱えるテーマの幅には限界があるの。文章表現だって、ずっと書いていると同じ言い回しを使いがちになる。書けば書くほど文字から瑞々《みずみず》しさが失われていくのは辛いものよ。特に少女小説みたいに、感性が重視される世界ではね」

先生はフォークを皿に置いた。

「メールを見て、あなたの書いた小説を読ませてもらったの。若くて、新鮮な表現に満ちていて、とても良かった。特にセリフのちょっとした言い回しにリアリティがあって素敵だったわ。わたしには書けない」

「あ、ありがとうございます」

倒れそうだ。

「西田さんをお招きしたのも、あなたの文章に惚《ほ》れ込んだからよ」

倒れよう。あの北美山先生が、わたしがネットに載せた小説を読んでくれていた。それどころか惚れ込んだとまで。わたしは耳まで真っ赤になって、言い訳がましく言った。

「でも、あれは短篇だし……。わたしにはあんなに良い小説を、あんなにたくさん書くなんてできないし……」

「そうね」

わたしは顔の前でぶんぶんと手を振る。その手を、北美山先生の手が握った。ひんやり冷たい手。え、え、何?

「わたしはたくさんの小説を書いている。そして、これからもたくさんの小説を書かなければいけない」

先生の顔から微笑みが消えた。

「あなた、北美山修介にならない?」

「え」

意味が、よくわからなかった。わたしが、北美山修介に？　わたしの手を離した北美山先生は再び柔らかな微笑みをわたしに向けた。

「つまりね、北美山修介名義の小説を、あなたが書くの」

わたしは戸惑った。

わたしが、北美山名義で小説を？

それって、ゴースト――。

「ゴーストライターじゃないか、って？」

「そんなこと……」

思いましたけど。

「じゃあ、わたしが『北美山修介』名義で小説を書くことは、ゴーストライティングだと思う？」

それは……違う。だって、「北美山修介」は、目の前にいるこの女性のことだ。わたしではない。それに、もっと別の問題がある。

「そもそも、わたしには書けません。わたしに北美山先生の小説を書く力なんて」

「大丈夫。安心して。あなたが書くのは小説の全部ではなくて、一部だけだから。そうね、セリフをお願いしようかしら」

ますますわたしは混乱した。北美山先生の小説の一部だけをわたしが書くって、どういうこと？　マンガの背景画をアシスタントが作者の代わりに描くことがあるのは知っている。でも、小説でそんな話は聞いたことがない。

「北美山修介はね、プロダクション方式をとっているの。ほら、本にも書いてあるでしょう？」

先生が棚から取り出した新刊『アガスティア』をわたしに見せた。奥付をよく見ると「北美山修介©北美山プロダクション」と書いてある。

「これはつまり、大勢の人で北美山修介を作っているってこと。北美山修介は、一個人ではなくて、組織の名前なの。わたしは言わばプロデューサーってところね」

北美山先生は屈託《くったく》なく微笑む。彼女が笑うたびに、わたしの心を支える土台に少しずつ亀裂が入っていくのがわかる。

「じゃあ、今まで出していた本は……」

「そう。みんなで分業して書いていたの。そのほうが、常にいろんな発想を取り入れることができるし、文章のクオリティも確実に高くなる。別に珍しい事じゃないのよ。アメリカの3Dアニメ映画もストーリーを分業して作っているし」

わたしの世界がぐらぐらと揺らいでいく。

「北美山先生が、書いているわけじゃないってことですか……」

そんなこと、信じたくない。冗談だと言って欲しい。

「わたし？　そうね。わたしは出来上がってきたものに総合的な修正を入れる立場だから、書いてはいないわね」

「で、でも。『秋桜の園』の浜辺のシーンには力が入ったって……」

「それねえ。何度も何度もリテイクを出して、やっと納得のいく表現が納品されてきたから記憶に残ってるのよ。だから褒めてもらえて嬉しかったわ」

北美山先生の口から出た「納品」という言葉に、わたしの心は打ちのめされた。

「書いたのは上海の人だったから、文法的な間違いも少なくなくて修正にも時間がかかったし……」

「上海!?」

思わず叫んでしまった。

「日本人じゃないんですか」

「ええ」

次々に明かされる事実がわたしを奈落《ならく》に引きずりこむ。

北美山先生はフォークを手にとって、食べかけのタルトを指した。

「たとえばこのタルト、いろいろな果物が入っているけれど、キウイは中国産、マンゴーはタイ産、ベリーはアメリカ産で、産地がバラバラなの。大量生産とコストダウンのためにね。国産なのはイチゴだけよ。それでも美味しいでしょう?」

北美山先生はタルトを一口頬張って「んー、おいしいっ」と言った。

「社会の授業で習ったでしょ? 問屋制家内工業とか、工場制手工業って言葉。それぞれの分野に特化した訓練を積めば、一人であれこれ作業を頑張るよりもずっと効率が良くなるの。今はいろんな国にそれ専門の下請け業者があるのよ。わたしの小説でいえば、自然風景の描写はフィリピンが上手くて、比喩《ひゆ》表現は上海が強い。女の子同士のラブシーンはガーナが得意ね。あとはメキシコ、ニュージーランド、イランとか……いつも15ヶ国から1000パターンくらい送ってもらって、削ったり足したりしながら体裁を整えてるわ。これで1ヶ月おきに新刊を出せるようになるってわけ」

先生は棚から取り出したファイルを開いてわたしに見せる。工場のようなところでPC作業に打ち込む十数人の黒人女性の写真があった。窓の外をニワトリが歩いている。

「ただ、やっぱり会話シーンは特に重要だから国産を使いたいなと思って、あなたに依頼してるの。タルトでいうイチゴね」

次から次へと差し出される資料は、先生の話が嘘《うそ》ではないことを裏付けていた。

わたしは泣きそうな気持ちになる。

「へ、変ですよ。一体なんで、そんな」

「だから、効率がいいのよ。もちろんデビュー当時みたいに、わたしだけが机にかじりついて小説を書き続けることもできなくはなかった。でも、そうなると確実に発想は痩《や》せていくし、執筆ペースは年々落ちる。楽しみにしている読者のみんなに面白いものを提供することができなくなる。だからわたしはこの方法を選んだの」

一人で書けることには限界がある。

安定して面白い小説を量産するためには、分業するしかない。

それは確かにそうなのかもしれない。でも……。

「そんなの……おかしいです！」

自分でも驚くほど大きな声が出ていた。

「そんなのって、全部嘘じゃないですか。全然、北美山先生の小説とは言えない。読者のことを裏切ってるとしか思えません。ひどい……」

取り乱すわたしを見て、先生がうつむいた。

「あ……」

先生の目の端には涙が浮かんでいた。わたしは我に返った。

「北美山先生」

「さっき西田さん、言ってくれたわよね。作品と作者を結びつける読み方は間違ってるって。だから、きっとあなたなら理解してくれると思ったんだけど。そうね、わたしは間違ってるのかもしれない。卑怯よね、でも」

北美山先生は目元を手で軽く拭った。

「あなたならきっと良い北美山修介になれるって思ったの」

「じゃあ、北美山先生、教えてください」

「何かしら」

「わたしに返信してくれたメールは、あなたが書いたんですか」

北美山先生は曖昧《あいまい》に微笑んで、何も言わなかった。


「48、49、50。よし。送信、と」

わたしは「退屈を紛らわす女子中学生どうしの会話」を50パターン書き終えたことを確認してから送信ボタンを押した。納品完了だ。

すぐに「北美山修介」から返信が来た。今月の原稿料支払いの内訳について書かれた事務的なメールだった。

「最近、読むほうがめっきりだね」

背後からアキがいきなり声をかけてきたので、わたしは慌ててブラウザを消した。

「ちょ、何、アキ。吹奏楽部は？」

「これから行くとこだよ。岬さ、前までは教室で本ばっか読んでたのに、今はPCルームでなんか書いてばっかりだね。作家でも目指してる？」

「いや、まあ」

「おやおや、第二の北美山修介の誕生かな？」

アキが体をゆすって茶化す。わたしは力なく笑った。

第二の北美山修介か。今月出た北美山修介の新刊に3ヶ所、わたしが書いたセリフが入っていると知ったら、この子はどんな顔をするだろう。

「どんなの書いてたの、読ませてよ」

「やだよ、恥ずかしいから」

「あっそ、じゃあ芥川賞取ったらサインちょうだい。応援してるから」

「そっちも頑張って。文化祭もうすぐだよね。アキの演奏楽しみにしてるから」

「わたしのだけじゃなくて、みんなの演奏を楽しんで」

アキはPCルームを出て行った。

あれ以来、「北美山修介」とは一度も会っていない。美しい人だった。わたしは彼女の流した涙に心動かされ、北美山修介の一員となることを決めた。今考えれば、思う壺だったのかもしれない。

　あれは本心からの涙だったのだろうか？　もしそれも戦略の一つだったとしたら。

　いや、それでもわたしは構わない。北美山修介の一部となることには、思ったよりもずっと充実感があった。北美山先生がわたしの文章を評価し、作品に組み込んでくれている。それだけでわたしの心は満たされる。

　北美山先生が間違っているとは思っていない。みんなで協力して一つの作品を作り上げることが間違っているはずがない。なのに、それを飲み込みきれない自分がいる。その理由もわかっている。

　テキストエディタを開いて、わたしが以前書いた小説を表示した。今読むといろんなところで粗《あら》が目立つ未熟な作品だ。話も中途半端なところで途切れてしまっている。正視するのも辛い出来だ。

　続きを書かなければいけない気がした。もちろん、最後まで自分でだ。だって、わたしが最初に読んだ北美山先生の作品は、彼女が一人で書いたデビュー作だったのだから。

名称未設定ファイル_06
紫色の洗面器

わけあって職を失い、松戸の実家でうだうだ過ごしていた。

半年ほど暇をこねくり回している間に趣味ができた。動画サイトで再生数の低いホームメイド動画を漁《あさ》ることだ。特に子供がアップした動画をよく見る。小中学生が一丁前に菓子のレビュー動画なんか投稿して「気になったら買ってみてくださいね～」なんて言っている。微笑《ほほえ》ましいことだ。

動画のほとんどは稚拙《ちせつ》な出来だが、そこから彼らの生活を想像してみると、なかなか面白い。子供の口調や部屋の様子から「こいつは親に甘やかされているな」とか「年の離れた兄の影響を受けてるな」とか、色々とわかってしまうもので、他人の生活をのぞき見する楽しさがある。

動画投稿をする子供は男女ともにかなりの数がいるが、好き勝手やっている男子に比べると女子の方が人の目を意識している率が高い。小学生のくせに色目を使ったり、きわどい服装でダンスを踊ったり。動画についたロリコンどもからの熱心なコメントに逐一返信している女子小学生を見ると、人ごとながら将来が心配になる。俺もそれを好奇心で見ている視聴者のひとりなのだが。

ある日、職も探さずいつものように動画を探っていたら、妙なタイトルがオススメ欄に表示された。

「エイナ息止めチャレンジ！　その322」

エイナというのは名前だろうか。気軽に再生ボタンを押す。

「どうもー、エイナです」

お世辞にも可愛いとは言えない女の子が映し出された。小学校高学年から中学1年生くらいだろうか。ピンクのシャツと青いホットパンツから伸びる手足は細く青白い。薄笑いを浮かべる彼女の目の前には、水を張った紫色の洗面器が置いてある。

「えーとぉ、今日もー、えと、息止めチャレンジいきたいと思います。目標はぁ、えと3分です。よーいスタート」

舌足らずに言うと洗面器に顔を突っ込む。同時にカメラがエイナに寄る。水に顔をつける様子がフリー素材のBGMと一緒に流れ続ける。2分にさしかかったところで限界に達し、エイナは水面から顔を上げた。気管に水が入ってしまったらしく、苦しそうにむせている。カメラ側から手渡されたタオルで顔をごしごし拭くエイナ。

「えと、今日の記録は2分4秒でした。ざんねーん。気に入ったらチャンネル登録お願いしまーす。それではまた次回、バーイ」

……なんだこりゃ。悲惨なものを見てしまったぞ。

と思いながら、俺は何気なく「エイナチャンネル」の動画一覧を見て、小さい悲鳴を上げた。300本以上ある動画の全てが「息止めチャレンジ」だったのだ。ほぼ毎日更新。内容は全て似たり寄ったりだ。基本的にエイナが洗面器に顔を突っ込んで息を止めるだけ。たまに場所が風呂場に変わったり、息止め中に撮影者がエイナの足の裏をくすぐって強引に失敗させたりする。「コーラ一気飲みからの息止め!?」なんていう、意図不明のものもある。誰が見るんだこんなもの。学校の同級生に見られたらいじめられるんじゃないか。

だが、意外なことに再生数はコンスタントに伸びている。平均して12000回ほど。これは素人の動画ではかなり多い方だ。「エイナちゃんが咳き込むところに不覚にも萌えました（汗」なんてキモいコメントがついているのを見る限り、少女が苦しそうにする姿に興奮する変態に需要があるらしい。俺にとってはクソ動画だが、そんなソフトSM的需要を満たしているのか、これが。広告収入でささやかな小遣い稼ぎをしているつもりだろうか。

興味本位で息止めシリーズを見ていくうちに、当然の疑問が頭をもたげる。この動画を撮っているのは、いったい誰なんだ。撮影は固定ではなくハンディカメラで、たまに映り込む手は大人の女の手だ。順当に考えればエイナの母親だが、よくこんなことに親が付き合うなと思う。コメントを見れば娘がどんな目で見られているかわかるだろうに。まあ、自分の子供を水着アイドルにしたがる親が沢山いる世の中ではマシなほうかもしれない。世界は広いのだ……。

そのとき、ボヤっと動画を見ていた俺の背筋は凍り付いた。まったく予想もしていないことに気がついてしまった。

少女エイナの家の間取りは、俺が今いる実家の間取りとまったく同じだ。

家具の配置が違うから最初は気づかなかったが、リビングらしき部屋の角にある妙に飛び出たような柱の形でわかった。俺は子供の頃、よくあの柱に頭をぶつけていた。

「ということは」

もちろん、撮影場所はこの家ではない。だがこの家は建て売り住宅で、両隣にもう2軒同じデザインの家が立っている。そのうちのどちらかにエイナが住んでいる？　遠い世界をのぞき見ているつもりが間近のできごとだったのか。

いや、それもおかしい。この家で生まれ育ち、半年ずっと実家周辺をぶらぶらしていたが、俺はエイナの姿なんか見ていないぞ。そもそも右隣の家に住んでいるのは西田という老夫婦だし、左隣にいるのは佐伯《さえき》という四十代くらいの夫婦で、どっちにも子供はいなかったはずだ。

「子供？　知らないわよ」

夕食中、俺は飯を食いながら母親にそれとなく聞いてみた。

「気づいてないだけってことはない？」

「ないない。西田さんちの子供はもうとっくにいい大人で東京行っちゃったし、佐伯さんちはずっと二人だったはずよ。そんなことよりあんた、仕事見つかった？」

当たり前の返答が来た。そりゃそうだ。子供がいるなら隣にわからないはずはない。ただ、あのエイナの顔、どこか佐伯さん夫婦に似ているような気がした。

そう思っているからそう感じるだけなんだろうが。

翌日の夕方、横並びで歩く下校途中の中学生を忌々《いまいま》しく思いながら散歩していると、隣の佐伯さん家の奥さんとばったり出くわした。

「あら、こんにちは」

佐伯夫人は微笑んでお辞儀してきた。もう四十代後半のはずだが、若々しい上品さがある。夫婦仲も良いらしい。だが昨日のことがあったせいで、そんな筈《はず》はないとはわかっていても変な目で見てしまう。特にときどきカメラに映り込む右手に視線が行く。

「ああ、これ？」

俺の目に気づいた佐伯夫人が右手を胸の前に持ってくる。小指に包帯が巻かれていた。怪我《けが》が気になったと思ったらしい。

「あ、そうです。大丈夫かなって」

「今朝、料理してたら少し切っちゃっただけよ」

「なら、よかったです。お大事に」

俺は適当に話を合わせて退散した。

その日の夜11時ごろに「エイナチャンネル」に新たな動画がアップされた。

「くすぐり我慢息止めチャレンジ！　その４」

俺はその動画を見るのが怖かった。しかし、ついに好奇心を抑えられず、再生ボタンをクリックした。

紫色の洗面器を前にしたカメラ目線のエイナが薄笑いで喋《しゃべ》り始める。

「どもどもー、エイナです。今日も息止めチャレンジ行きたいと思います。くすぐり我慢で、目標はぁ、３分です。４回目のチャレンジです。今から、靴下を脱ぎます。脱ぎました。えと、スタンバイオーケーです。それでは、よーいスタート」

チープな音楽が流れ始める。エイナが水面に顔をつけると同時に、撮影者がエイナの裸足の足をくすぐりはじめた。その小指に包帯が巻かれていた。

「ごぼっ、ごぼっ、ごぼっ。かはっ、はっ、あはっ、ははっははっ、げほっげほっ、げほっ、げっ、あは、はは、げほっげほっ、うえっ。……えと、今日の記録は32秒でした。ぜんぜんダメでしたー。ざんねーん。気に入ったらチャンネル登録お願いしまーす。それではまた次回、バーイ」

彼女が本当に隣の佐伯さんの家の子なのかはわからない。そのあと仕事を見つけた俺は、実家を出て東京で一人暮らしを再開した。もう東京に移って2年が経過したが、エイナチャンネルはまだ定期的に更新されている。

名称未設定ファイル_07
みちるちゃんの呪い

電子書籍で本を読むってどういう感じと幼馴染《おさななじみ》の絵理子《えりこ》が言った。

わたしは、別に、普通だよと答えた。

駅前の喫茶店で長たらしくおしゃべりをしていたわたし達は、しだいに会話の種を失いつつあった。沈黙をおそれて、ふと視界に入ったものや、いま話していることの連想から次のテーマを拾い上げてはつぎ足していく。

職場への不満から、些細《ささい》な人間関係の愚痴《ぐち》へ。愚痴は知人の悪口に変わり、悪口の対象は時をさかのぼって小中学生時代の思い出話にスライドする。昨年話したことと内容の半分近くが重複していることは、もちろん承知の上だ。年に一、二度しか会わない相手と交わせる話など、思い出話と近況報告しかない。

やがて絵理子はバッグからはみ出したタブレット端末を目ざとく見つけ、それで私が電子書籍を読んでいることを聞き出した。

「あんまり読もうと思えないんだよね、電子書籍。Kindle《キンドル》とか流行ってるけど。データにお金を払う感じって怖くない？　Suica《スイカ》のチャージとかもなんか損した気分になるのよ、あたし」

「何それ。べつに、慣れちゃえば普通の本と変わらないよ。最近は紙の本もデータにしてもらってるよ」

「そんなことできるんだ」

「『自炊』とか言うんだけど、いらない本をダンボールに詰めて業者に送ると画像データになって送られてくるの。元の本は裁断してスキャンしてから廃棄されるから場所取らない」

「えー、なんか本かわいそう」

「データが残るんだからいいじゃない。ただ捨てるよりずっと良いよ。でも、結局読まなかったりするけど」

「なんで？」

私は苦笑した。

「やって初めて気づいたんだけど、本当に大事な本は紙の本でとっておきたいし、本当にいらない本は普通に捨てるんだよね。自炊する本って、自分にとって中途半端なやつばっかでさ。読まないのに消せないからタチが悪いよ」

「意味ないじゃーん」

わたしはへらへら笑いながら、会話を途切れさせないがための問いかけに応答する。

「まあ、あたしはもう本自体読まないんだけど。珠美《たまみ》は小学生の頃から読書家だったもんね」

「図書委員だったってだけでしょ」

たしかに、あのときのわたしといえば本ばかり読んでいた気がする。小学4年生の頃に『ズッコケ三人組』シリーズを全巻読んでいたのはわたしだけだった。いまとなってはタブレットで月に3冊も読めば多いほうだ。

「実際便利だよ、電子書籍。かさばらないし、売ろうかとか捨てようかとか考えなくていいし、気が楽だから。慣れちゃうとさ、Amazonで紙の本しかないときにイラってするくらいだもん」

そのあと15分ほど雑談は続いて、絵理子は歯医者の予約があるといって先に席を立った。

「そうだ。今度、同窓会あるって。浅井《あさい》くん覚えてる？　たまに連絡してるんだけど、再来月あたりにやろうってみんなに声かけてるみたい。珠美も来るよね？」

「スケジュールが合えば、もちろん」

ひとり残されたわたしはもう少しゆっくりすることにした。年に数度とはいえ、小学生時代からの友達で定期的な付き合いがあるのは絵理子だけだ。

タブレット端末をオンにして、読みかけの小説の続きを読んだ。すでに9割がた読んでいたから、すぐに終わってしまった。未読の本で今読みたい気分のものはない。わたしは端末をスリープ状態にした。液晶が黒くなってから、読み終わった本のデータが容量を圧迫していることを思い出した。まあ、あとで消そう。

同窓会か。

ほとんど水になったアイスコーヒーの残りを吸いながら、小学生の頃を思い出した。あの頃はよく本を読んでいた。ただ読むことが楽しくて、図書室に入りびたっていた。それで迷わず図書委員になったのだ。

みちるちゃん。

心が少しだけざわついた。その名を思い出しただけで、いやな記憶の端に触れてしまった感じがした。名字は思い出せない。とにかく、みちるちゃん、という名前の響きと、小柄な女の子の丸顔を鮮明に覚えている。

「みちるちゃんはねえ」というのが、みちるの口ぐせだった。小学4年生なのに彼女の一人称は自分の名前で、わたしはそれが嫌いだった。当時のわたしが子どもなりに克服したと思っていた幼さを堂々とぶら下げて接してくる態度が不愉快だった。

にもかかわらず、みちるはわたしに懐いていた。いつもちょろちょろと後ろをついてきて、わたしが本を読んでいると必ず「ねえ何読んでるの」と言う。しかたなく本のあらすじを簡単に説明してあげると、何がおかしいのかケラケラと笑って、ぜんぜん関係ない自分の話を始める。

あの「いやさ」が、まるで昨日の出来事のような質感を伴って蘇《よみがえ》ったことに、わたしは少し驚いた。それを忘れて何年も過ごしてきたことにも。

みちるも図書委員だった。彼女は本を読まなかった。1冊を読み通すほどの集中力なんてなかった。みちるが図書委員になりたがったのは、わたしが図書委員に立候補したからだ。結局、わたしとみちるが4年1組の図書委員になり、まるで二人が同列にあると見なされたように感じられて、その日は帰宅してすぐ親に拙《つたな》い言葉で不服を述べた。

「いいじゃない、どうせ活動なんて月に一度くらいなんでしょ」

そういう問題じゃないのだ、ということを説明しようとして、わたしはみちるがいかにばかなやつであるか、具体的なエピソードを話した。調理実習で醬油《しょうゆ》を無意味にシンクに捨てたことや、ふざけてまきついたカーテンの端を破ったエピソードを。あんなやつと一緒にされてしまってはたまらない、と。すると、タンスに服をしまいながら話を聞いていた母の顔はみるみる険しい形相に変わり、わたしを怒鳴りつけた。

「そういう子には優しくしてあげないとダメでしょう」

母の言う「そういう子」がどういう子なのか、いまではわかるし、当時もなんとなくわかっていた。けれど、当時のわたしにその反応は無理解な態度としてしか映らなかった。

「神さまはいつも見てるんだから、弱い子に意地悪を言うと地獄に落ちちゃうんだから」

クリスチャンの母は神さまを引き合いに出してわたしを叱《しか》った。そのあとはタンスに服をしまう作業に戻り、口をきかなくなった。居心地が悪くなったわたしは自室に戻って、散らかった部屋に積み上がった本の山を崩し、適当な1冊を手にとりベッドに転がって読んだ。

母は昔から、ことあるごとに神さまや地獄の名を出してわたしを脅した。そこまで敬虔《けいけん》なキリスト信者というわけではなかったから、単にしつけの手段としてだろうと思う。もっと幼い頃は素直に怖がっていたわたしも、いろいろな本を読んで知恵をつけてからはだんだんと本気にしなくなっていた。母が神を引き合いに出すときは決まって、怒る理由をうまく説明できない。

自室の掃除を命じられたときのことだ。わたしはこれから捨てる古本の束に飛び乗って棚の上のホコリを払っていた。それを見た母は髪を逆立てて怒った。

「本を踏むとはなにごとか」と言われても、わたしはゴミになる本を踏むことの何がいけないのかわからなかった。すると母は神さまの名を出して、わたしがそれでも不満を示すと手を上げた。

「神さまも呪《のろ》いもただの道具なんだ」と、そのとき悟った。

みちるのことを話した日の夜、わたしはうまく言葉にできない憤《いきどお》りを抱えながらねむった。

図書委員は当番制で、主な仕事は昼休みと放課後に本を書架に並べ直すことだった。仕事中、みちるはなんの役にも立たなかった。役に立たないどころか邪魔者だった。配架中の本をデタラメに並べ替えて、怒られると言い訳する。

「みちるちゃんはねえ、この方がいいと思う」

そう言って笑いこける。やがて、他のクラスの図書委員にも「あいつはおかしい」という評判が立ち、煙たがられたり気を遣われたりするようになった。そのたびにわたしも恥をかいている気がして、みちるへの苛立《いらだ》ちは一層つのった。

みちるとふたりで図書室の当番になる日があった。図書室は2部屋あって、小さい方の部屋は古い本の保管庫になっていた。誰が最初に呼び始めたのか、児童たちはなぜかその部屋を「おしいれ部屋」と呼んでいた。おしいれ部屋は入るといつも薄暗くて空気が冷えていて、少し怖かった。

棚の整頓《せいとん》も終えてやることもなくなったわたしは、家から持ってきた江戸川乱歩《えどがわらんぽ》の文庫を読んでいた。小学生向けではない本をあえて学校で読むのが格好いいんじゃないかと思っていたのだった。

すると、おしいれ部屋からみちるが出てきた。何かをほのめかすようなニヤニヤ笑いでわたしのほうを見ている。

「あのねえ、珠美ちゃん、すごいいいこと考えちゃった」

「いま本読んでるんだけど」

「いいから、いま見て」

みちるは私の手首をつかむと、おしいれ部屋まで連れて行こうとした。仕方なく戸を引いておしいれ部屋を覗《のぞ》き込むと、床に本が何十冊も立ち並んでいた。

「これ、なんだと思う。ドミノ作ったの。最初に倒していいよ。スタートここね」

ずっと静かだと思っていたら、そんなことをしていたのだ。

わたしはみちるの指示を無視して真ん中あたりの本をつかんで取り上げた。雑に取ってやったので、ドミノは製作者の意図から外れてパタパタと虚しく倒れた。

「あんたさあ、何やったかわかってんの」

わたしは本をみちるの胸元に突きつけて責めた。なるべく深刻に聞こえるように。

「本って、こういうふうにしたらダメなんだよ。知らないでしょ。こういうふうにドミノとかして遊んだらダメなんだから」

みちるの笑顔がみるみるうちに曇って、泣きそうになっていった。わたしはそれが愉快だった。次々と言葉が口から出てきた。

「本が傷ついちゃうじゃん。本の中にも神さまがいてさあ、乱暴にしたら神さますごい悲しむよ。呪われるよ。みちるちゃん、呪われたかも。地獄に落ちるよ」

みちるはついに鼻をすすって泣き出した。わたしは我に返って、足元に倒れている大量の本を拾い集めた。ほどなくして先生がやってきた。みちるが自業自得で誰かに泣かされることはよくあったから、特に怒られなかったはずだ。

このできごとは、母親には言わなかった。

翌日、みちるはけろりとした顔で登校してきて、いつものようにわたしにちょっかいを出してきた。まったく懲りていないんだと思うと腹が立ったが、わたしは少し安心もしていた。

昼休み、教室で本を読んでいると、みちるが廊下から顔を出して手招きしてきた。無視したかったけれど、他のクラスメートや担任の目があったので、わたしは仕方なくドア前まで歩いて行った。

「何」

「パスッ」

胸のあたりに何かが飛んできた。

とっさのことで受け止められず、わたしはそれを取り落とした。バサッと音を立てて、図書室のラベルがついた背表紙を上にして本が床に広がり落ちた。

「ちょっと、何……」

「呪われた」

みちるはわたしの顔を覗き込んで、嬉しそうに笑った。

「珠美ちゃん呪われた。地獄に落ちる」

みちるは笑いながら廊下を走って行った。わたしは教室に取り残された。

最初に湧いたのは、怒りだった。昨日のことをやっぱり根に持っていて、復讐《ふくしゅう》しに来たのだ。しかも、いかにもみちるらしい、稚拙《ちせつ》きわまる方法で。

しかし、それと同時に、なぜかとてつもないおそろしさを感じた。

「呪われた」と言ったときのみちるの顔が頭に焼き付いた。彼女のあんな表情は見たことがなかった。にもかかわらず、あの顔の、あの言い方のいやらしい感じは、わたしがとてもよく知っているもののような気もした。

わたしは本当に呪われたのだ。

わたしはいま、地獄に落ちることが決まったのだ。

なぜか、強くそう感じた。その日は学校から家までずっとそのことを考え、押しつぶされそうになりながら歩いた。

家に帰って、自室に入ると、床に散らばる本の一冊一冊がわたしのことを呪っているように見えた。いてもたってもいられず、わたしは本を本棚に戻した。神さまごめんなさい、助けてください、と内心で頼みながら。

部屋を片付けているところを見た母親は、「きっと神さまが見てるよ」と、わたしを褒めてくれた。ちっとも嬉しくなかった。

布団に入ってからも、みちるがかけた呪いが頭をずっと支配していた。

頭に繰り返し浮かぶのは、おしいれ部屋でみちるを責めたてたときのことだ。

「呪われた」

口に出して言ってみた。

「わたしは呪われた」

わたしは、もう人生がおしまいになってしまった気がして、涙をぽろぽろこぼした。

けれど、そのときの気持ちを結局はすぐに忘れてしまった。本もすぐに散らかすようになって、何度も叱責《しっせき》された。いつしか母の口からは神という言葉が出なくなっていた。

5年生になると、みちるとは違うクラスになって、絵理子と仲良くなった。視界にみちるが入ってくることがグッと減った。中学は別々になった。わたしはいよいよみちるのことを忘れた。

絵理子は、今度同窓会があると言っていた。

なんだか気が進まない。

わたしはタブレット端末に手を伸ばして電源を入れる。ライブラリに表示された、もう読み終わった本の表紙をタッチして、削除していく。ついでに、読みかけて放置していた本も消した。セールに乗じて買っただけの本も消した。紙から電子化したものの結局読み返さなかった本も、全部消した。1冊の消去には2秒もかからない。リズミカルに人差し指を上下していると、本棚を模したインターフェースはすっきりと整頓された。

わたしはやっぱり、いずれ地獄に落ちるのだろうか。

もし同窓会に行ったら、みちると再び会うことになるかもしれない。妙な想像をしてしまう。大人になって思い出話に花を咲かせている同級生たちの中に、小学生のままの、子供のみちるがいて、私を見つける。そして、あのときのままの笑顔で「地獄に落ちるよ」と言うのだ。

馬鹿馬鹿しさに思わず笑みがこぼれる。地獄なんてないのに。

グラスの底に残った氷のかけらを口に含んだ。

もう夕方だ。スーパーに夕飯の材料を買いに行かないといけない。わたしは伝票を持って立ち上がり、口内の氷を噛《か》み砕いた。水道水の味がした。

名称未設定ファイル_08
１日５分の操作で月収20万！　最強ブログ生成システムで稼いじゃおう

毎日たった3分のケアで驚きの美白に

美肌、美白にこだわる人はどんなケアをしているのでしょうか？　いつも使っている化粧品、本当に効果ありますか？　本当に効果があるのか、気になりますよね。

シワ・シミ・大人ニキビ・肌荒れなど「年だから」で諦めていませんか？　もしかしたらそのスキンケア、間違っているかもしれません。私のコンプレックスだったシミが驚きの早さで美白に変身しました。表皮《ひょうひ》の下には真皮《しんぴ》があり、そこで大事なコラーゲンの産生を行っているのが真皮繊維《せんい》芽《が》細胞《さいぼう》という細胞です。

ハイドロキノンが有する美白作用はすごく強力ですが、肌のしっとり感を保持しているのは、セラミドという高い保湿力を持つ物質で、セラミドの量が減ってしまうと、お肌の潤いも保持されなくなりどんどん乾燥が進みます。もしかしたらアトピー性皮膚炎かもしれません。温度のみならず湿度も低くなる冬という季節は、肌には大変シビアな時期です。みなさんもご存知のプラセンタ。お試し期間中なら返品できるのでまずは試してみては？

ガサガサお肌を諦めていませんか？　ヒアルロン酸はとくに皮膚や軟骨、関節液、目などに含まれているもので、カラダの内側で様々な機能を担ってくれています。クエン酸やその他8タイプの酸に分裂する時に、すぐさま美容液を何度かに分けて重ねて使用すると、お肌に欠かせない美容成分が古来より漢方で利用されてきた医療で実証的効果が認められ、ウコン・プロポリス・桂皮・プラセンタ・紅花・サリチル酸・肉蓯蓉《にくじゅよう》・コエンザイムQ10・プラセンタ・烏樟《うしよう》・人参・イリドイド・ヘキサクロロフェン・水素水・イソプロピルメチルフェノール・ニコチン・ヘロイン・コカイン・アヘン・LSD・MDMA・ケタミン・塩化ベンゼトニウム・トリイソプロパノールアミン・などが多く含まれており・プロピレングリコール・パラフェノールスルフォン酸亜鉛・などが多く含まれており・注目成分アクティブセラミド・などが多く含まれておりますが、試してみては？　もしかしたら、間違っているかもしれません。でも、ちょっと待ってください。基礎代謝が上がり、ターンオーバーが促され、狂ってしまったホルモンバランスが整い、ツラい気分もスッキリ！　ネガティブになっていませんか？　ネガティブになっています。誰かこのブログを読んでいますか？　みなさんはこのブログを読んでいますか？　美容ブログ、とっても大切ですよね。みなさんはこのブログを読んでいますか？　不安ですよね。なんのために？　ぜひお買い求めください。心配ですよね。とっても不安です。私は30代なのですが、私は必要があるのでしょうか？　私は自動で生成する驚きの効果なのですが、私は必要があるのでしょうか？　ぜひ読んで参考にしてくださいね。私は必要があるのでしょうか？　ネットで検索してもよくわからない情報がたくさん見つかり「どれが本当にお肌に効くの？」おまかせください高度なテクノロジーで最新の研究成果が自動で生成したスキンケアが気になる主婦のブログが自動で生成したそうです。本当に効果があるのか、気になりますよね。スキンケアお役立ち情報のまとめ本当は意味がなかった⁉　驚きの検証結果。専門家が作りました。わずか0.2秒。驚きですよね。ぜひ試してみては？　ぜひ私を読んで参考にしてくださいね。プラセンタをご存知ですか？　ツラいですよね。私は意味がなかった⁉　その寿命を縮める驚きの成分をごらんください↓　ベンゾピレン・ジメチルニトロソアミン・メチルエチルニトロソアミン・ヒドラジン・o-トルイジン・4-アミノビフェニル・イソプロピルメタンフルオロホスホネートを本当に摂取したいですよね。私の美容ブログは面倒ですよね。諦めてしまっていませんか？　諦めてしまっていますよね。理不尽ですよね。「寂しい…」「ツラい…」諦めてしまっていませんか？　自動的に体験談じゃ意味がありませんよね。そんな悪循環がお肌の環境を悪循環が私は無意味に生成された検索されるためにプラセンタがスキンケアをホルモンバランスが狂っています。狂っていますよね。美容ブログ狂っていますよね。狂ってしまいましたがぜひお買い求めくださいね。参考になりましたか？　ぜひ試してみてくださいね。

名称未設定ファイル_09
過程の医学

「橘《たちばな》、久しぶりだな。13年ぶりか。変わってないな」

「12年と7ヶ月だ。まあ入れよ」

守田《もりた》は旧友との再会を喜び、招かれるままにドアを通った。太い黒縁の眼鏡をかけた無精ひげの男、橘は彼を奥へと招いた。整頓《せいとん》されているとは言いがたい研究室が二人を迎え入れる。物珍しげに周囲を見回す守田を尻目に、橘はソファにどかっと腰を下ろした。

「適当に書類をどけて座ってくれ」

橘は白衣の下からタバコを取り出して火を点《つ》ける。

「しかし、信じられんな。あの橘が今は大学病院で働いてるなんて」

守田が覗《のぞ》いた窓の下には青々とした芝生が広がり、患者たちが運動や日光浴を満喫していた。県内随一の規模を誇る、伝統ある大学病院。橘はそこに勤めている。

「すごいだろ。俺を見なおしたか？」

「いや、雇った病院の正気を疑ってる」

「馬鹿にしやがって」橘が白煙を鼻から吹き出す。「合理性が成り立つのはごく小さなコミュニティだけだ。組織っていうものはな、大きければ大きいほど内部に理不尽を飼う余地があるんだよ。獅子身中《しししんちゅう》の虫ってやつだ」

「自分をその虫に例えるやつはお前くらいだ」

橘の不遜な口ぶりが守田には懐かしかった。大学時代の橘と守田は、時間さえあればいつも一緒にいた。橘は大学で有名な変人で、いつも騒ぎを起こしては周囲に迷惑をかけていた。「全人類を俺が幸福にしてみせる」というのが彼の口癖だった。上京して間もなく友人もいなかった守田はそんな橘の奇妙な言行に惹《ひ》かれた。守田が害を被ることも多かったが、ともかく彼といれば退屈しないのは確かだった。

「まだ学内サーバーのハッキングみたいな犯罪じみたことをやっているんじゃないだろうな」

「あれは教師達へのレジスタンスという意義が……いや、俺だって昔に比べたら成長したよ。今は多くのかけがえのない命を救うための研究に身を捧げてるんだから」

カケガエノナイ、というところがいかにもわざとらしい言い方だった。

「守田、そういうお前はどうなんだよ。ライターなんて前時代の職業に就いちまって」

「前時代？　ライターが？」

「そうだよ。ライターがやる仕事ってのは、要は情報の要約と出力だろ。そんなのは機械学習でいくらでも代用できる。あと20年もしたら必要とされるライターの数は1/2、いや、1/5になるだろうな。職業としては風前の灯火」

ライターだけにな、と付け加えて橘が笑う。ずけずけとした物言いは相変わらずだ。当時の橘に自分以外の友人がいなかったのも納得だなと守田は苦笑した。

「どう言われようと、俺は生き残りの1/5に食い込んでやるよ。子供も生まれるし、家族を食わせてく責任があるんだ」

「なんだお前、パパになるのかよ」

「予定では来週あたりにな」

「そりゃ、過去の人脈にすがってでもネタを探すわけだ。『新世紀・医療の可能性特集』だっけ？　いいよ、なんでも聞いてくれ。ただし聞いていいのは俺が話したいことだけだ」

橘は吸いかけのタバコを灰皿の底に押しつぶした。守田は鞄からレコーダーとメモ帳を取り出す。

「写真はあとでまとめて撮るから、まずは話を聞かせてほしい。載るのは一般誌なんで、あんまり専門的じゃないほうが助かる」

「お前が正確な説明を理解できないことくらいわかってるから、ちゃんとわかりやすくて不正確な説明をしてやるよ」

「うるさいな、始めるぞ」

守田はレコーダーのスイッチを押した。

「特に聞きたいのは、そもそも工学部情報学科を出た橘が大学病院で何をしてるのかってことなんだが」

「医者をこの世界から消すこと」

橘が即座に答えた。意外な返答に驚いた守田は問い返す。

「医者を消すって、どういう意味だ？」

「文字通りだよ。俺は医者という職業がなくなる日を目指している。思うに、医者という職業は社会を成り立たせるうえで必須じゃない。例えるなら電話交換手に近いな。昔は電話をかけるとき、まずは電話交換手にかけて、『だれそれに繋《つな》いでください』と言って繋いでもらっていただろ。でも今はそんな手間はほぼ必要ない。技術が進歩したからだ。同じように、技術さえあれば医者なんてほとんどいらなくなる」

「乱暴だ」守田は反論した。「電話交換手は電話回線を繋ぎかえるだけだったからすぐに自動化できたけど、それと医者を一緒にしちゃ医者が怒るぞ。複雑さの度合いが段違いなんだから」

「複雑なことなんかないね。外科も内科も産婦人科も肛門科も、どんな医療行為だって目的はただひとつ、幸福の追求だ。不快感をなくして幸せになりたい、医療の存在意義は突き詰めればそれだけさ」

「そりゃ、一言にすればそうだろうけど、単純化しすぎだよ」

橘の言い分は抽象的に過ぎた。それがどんな研究成果に繋がるのか守田にはいまいちわからなかった。

「俺がいま研究しているのは、不幸とその原因を検知して、幸福へと導く方法を教えてくれるデバイスだ」

「よくわからないな、もっと詳しく教えてくれ」

「たとえば、ある男が腹痛に苦しんでいるとするだろ。彼は医者に診てもらうまで、痛みの原因が食あたりなのか胃潰瘍《かいよう》なのか盲腸なのかがわからない。診てもらっても原因がわからないこともある。だが、新デバイスを使えば、その原因をAIがたちどころに推理して、さらに治療法も提示できる。すごいだろう」

「確かにすごい。でも不可能だよ。機械にどれだけの量の医学知識とどんなプログラムを組み込めばそんな判断ができるようになるんだ。現実的じゃないね」

得意げな橘に守田が言う。否定するほど彼はムキになって説明してくれることを守田は知っていた。

「医学知識なんて必要ない」橘が不敵に笑った。「いま言っただろ。医学は不幸を幸福に繋ぐ中継点でしかない。問題はもっとシンプルに解決できるんだよ」

「それじゃあどうやって」

「何年か前に、AIが大量の絵の中からゴッホの絵を見分けられるようになったのを知ってるか？　AI自体には西洋絵画史についてはなんの知識もないのにもかかわらずだ。AIは数万枚の雑多な絵画データを読み込みまくることによって、ゴッホの絵の『ゴッホらしさ』を勝手に学んだんだ」

そのニュースは守田の記憶にも残っていた。

「同じように、腸炎の患者のデータ群には『腸炎らしさ』が表れる。人間が気づけないほどの小さな特徴もＡＩの眼は見逃さない。ＡＩが『らしさ』を学ぶことさえできれば、医学知識なんて不要だ。俺の作っているＡＩは、腸炎とは何かには答えられないが、何が腸炎なのかはよく知ってるのさ」

言われたことの意味はわかる。しかし、そんなにうまくいくものだろうか。守田は疑いの念を晴らせないままでいた。なにより、この調子で記事を書いては、読者が納得しないだろう。

「まるで夢物語だ。実証してもらえない限りは信じられないね」

あえて強情な態度を見せる。しばし橘は言葉に詰まったが、「仕方ない」とつぶやいて、守田の腹のあたりを指さした。

「お前、胃をやってるな。酒を控えて、もっと野菜を食ったほうがいい」

「なんだと」

「あと最近、肺の病気になっただろう。このままだと再発するから手洗いとうがいをサボらないようにして、できれば予防接種も受けとけ」

守田は驚愕《きょうがく》した。どちらも大当たりだったのだ。このごろ胃のあたりが痛むことが多いし、2ヶ月前には肺炎にかかっている。

「どうしてわかった」

「記事には書くなよ」橘は、自分が掛けていた黒縁の眼鏡を取り外して守田に差し出した。「秘密はこれだ」

守田が眼鏡を装着してみると、不思議な像が目に入ってきた。指を組んでこちらを見つめる橘の体全体が淡く発光しているように見えるのだ。

「何が見える」

「お前の体が赤く光ってる」

「だろうな。その眼鏡は透過モニターになっていて、現実の像にPC画面のレイヤーを重ねられる。ちなみにこれがお前を見たときの映像だ」

橘がノートPCの画面を見せる。そこにはさきほどの守田の姿が映しだされていた。体全体が緑色のオーラを纏《まと》ったように光っている。

「なんだ、これ」

画面を覗《のぞ》き込んだ守田が訝《いぶか》しむ。さっきからずっとこんな風に見られていたのか。

「簡単にいえば幸福度を色に変換したものだ。表情や肌の色、動きなど、人間には見分けのつかない微細な特徴を、蓄積したデータに照らしあわせ相対的な幸福度を割り出している。サーモグラフィーと同じで、暖色になるほど幸福度が高く、寒色になるほど不幸だ。鬱《うつ》病の患者を見ると青っぽい人影になる」

守田はメモをとるのも忘れて橘の説明に聞き入っていた。

「俺は緑色だけど、どうなんだ？」

「まあ、普通だな。楽しいこともあれば憂鬱なこともありの、平均的人間だ。ただ、よく見ると肺と胃のあたりが薄暗くなっているのがわかるだろ。これはお前の身体データが胃や肺を病んだ患者のデータ群に似ていることを警告しているんだ。それの適切な対処法を指示することもできる」

橘がキーボードを操作すると、守田の幸福度をより上昇させるためのプランが一覧で表示された。野菜の摂取。飲酒の抑制。手洗いとうがい……。

「この『うつ伏せで昼寝する』ってのはどういう意味だろう」

守田は一覧に含まれた妙なプランに目をつけた。

「さあ。わからん。こいつが提示する案に『なぜ』はないんだ。膨大なパターンが結んだイメージ、つまり高精度な直感みたいなものだからな。俺は『目をつぶって縄跳びをしろ』なんて指示を出されたこともある。半信半疑で試したら、なぜか確かに腰痛が緩和されたんだ」

守田は身震いする思いだった。答えだけをいきなり提示してくれる。その理由は作った橘にすらわからない。膨大なパターンの蓄積がそれを可能にしたのだ。

「なるほど、誰でも幸福度の測定とリスク管理の両方ができるわけだ。世界がひっくり返るぞ。これはとんでもなくすごい発明じゃないか」

「これを作った俺がすごいんだ」

「いや、まったくその通り」

守田は橘の背を叩いて笑った。これを記事で報じれば間違いなく日本の、いや、世界のトップニュースになる。発明者でもないのに守田はわくわく浮き立つ。逆に橘は苦々しげに忠告した。

「言ったはずだぞ、守田。眼鏡のことは記事にするなよ。お前が友達だからつい見せてしまったが、このデバイスはまだプロトタイプなんだ。記事には俺がそういう展望のもとに研究を続けていると書くだけで十分だろうよ」

その口ぶりには、都合の悪い事実を隠している者に特有の後ろめたさがあった。

「それじゃ読者は納得しないぞ。記事は具体性が命なんだ。それに、プロトタイプといってもこの眼鏡はほとんど完成品に見える」

「調整にはまだ時間がかかる。変な期待を持たせたくない」

「現状でも十分に世界を変えられるさ」

「だからこそ怖いんだよ」

食い下がる守田を前に、橘が顔を逸《そ》らして言った。

「怖いだって？　お前らしくもない」

尊大《そんだい》な橘が、ここまで臆病な表情を見せたのは初めてだった。橘は息をついてから立ち上がった。

「わかった。街を少し歩いて話そう。お前はその眼鏡を掛けたままでな」

橘は研究室のドアを開けた。

不思議な光景だった。人々の体が色付けされている。ほとんどは黄緑色から黄色のグラデーションだったが、中には違う人もいた。不審がられるのも忘れ、守田はすれ違う人々を観察しながら街を歩く。

「いますれ違った学生の男女はひときわ赤く光り輝いてた。幸福度はかなりのものだな」

「熱々のカップルってやつだな。羨《うらや》ましいね」

守田の前を歩く橘が振り返らずに言う。

「いますれ違った中年男は青色だったな」

「ということは、かなり不幸ってことだ。でも対処法も表示されただろ」

「ああ、鉄分の摂取とか、日光を浴びるとか」

「それらを確実にこなせば、確実に幸福に繋がる。簡単なことだ」

まるで神の目を手に入れたかのような感覚だった。このイノベーションの到来を報じない手はない。性能を体感した守田は改めてその思いを強くした。

「橘、なぜ」

「なぜこれを世に出さないのか、だろ。さっきも言ったように、このデバイスはまだプロトタイプだ。いや、この際だから正直に言うと、すでに性能面はほぼ完成している、だからこそ、不可解な事実があってな」

橘がふいに足を止めた。

「いたぞ」

指差す方向から、ベビーカーを押して歩く女性が見えた。女性の体は緑色に輝いている。視線を少し下にずらしたとき、守田の背筋に冷たいものが走った。

ベビーカーに乗っていたのは、真っ黒な塊だった。

闇を切り取ってきたかのような漆黒が、ベビーカーの中に収まっている。

「なんだよ、あれ」

震える声で橘に尋ねた。

「赤ん坊だよ」

赤ん坊だと。あれが。

守田は信じられぬ思いで眼鏡を上げて肉眼で見てみる。ごく普通の母子だ。生後数ヶ月にも満たない乳児は、ベビーカーの中ですうすうと寝息を立てている。

眼鏡をまた掛けると、「それ」は再び漆黒の塊に変わった。

母子が立ち去るのを見届けてから、橘は守田に語りかけた。

「このデバイスが完成したとき、はしゃいだ俺は院内を駆けまわっていろんな人間を観察した。効果はすぐに実証された。医者が1日かけて判断するような病気を1秒で見ぬけたんだ。精度も想定よりずっと高く作ることができた。ほぼ完璧と言ってもいい。そのときは、ついに人類に希望を与え、幸福に導く発明を俺が成し遂げたと思ったよ」

橘は苛立《いらだ》たしげにタバコをくわえてライターで火を点けた。

「だが、例外があった。乳児、特に物心がついていない時期の乳児を見たときだけ、表示がおかしくなる。幸福度が理論上の最低値でしか表示されないんだ。どの子を見ても真っ黒に染まってる。もう一つおかしなことがあった。真っ黒な赤ん坊に提示される『問題の適切な対処法』だ。さっきもなんて表示されたかわかったか？」

「見てなかった。黒さのほうに気を取られてて」

橘が煙を深く吸い込んでから吐き出した。

「『塩化カリウム3㎎の注射』、それ以外はなにも出てこない。知ってるか、塩化カリウム。アメリカでは薬殺刑にも使われる心停止剤だよ。乳児に3gも投与したら高カリウム血症を起こして確実に死ぬ。このAIは、その赤ん坊を殺せと言っているんだ。それが幸福への近道だ、と」

守田は言葉を失った。

「最初は単なるバグかと思っていろいろと出力系をいじったんだが、どうしてもダメだ。乳児だけは真っ黒に染まるんだ。最近になって思うようになった。もしかしたら、これが本当は正しいのかもしれないと。なぜかはわからない。作った俺ですら知ることはできないようにできてる。しかしAIの直感はそう導いた。この世の中の全ての赤ん坊は、生まれたときから完璧に絶望しているんだと。俺がこの眼鏡の存在を隠したがる理由がわかっただろう。こんなものを世の中に出せると?」

橘は押し付けるように、懐から出した1枚の写真を見せた。設備から、大学病院の新生児室を写したものだとわかる。

小さな黒い塊が、純白の布の上に等間隔に並んでいる。

「お前もこれから父親になるんだろ」

守田はもう何も返す言葉を持たず、彼の視界に映る橘を取りまく色が、徐々に生彩を失っていった。

名称未設定ファイル_10
習字の授業

明日　明日　明日　明日
明日　明日　明日　明日
明日　明日　明日　明日
明日　明日　明日　明日
明日　明日　明日　明日
明日　明日　明日　明日

——わあ、みんなすごく上手にできましたね。特にひかりちゃんが書いたこれ、とてもピシッと締まってますすね。

明日

——ひかりちゃん、この文字はどこからコピーしてきたのかな。

「はい。『明』は、夏目漱石《なつめそうせき》の『明暗』からコピーして、『日』は、大江健三郎《おおえけんざぶろう》の『あいまいな日本の私』からコピーして、ペーストしました」

――なーるほど。すごく大人っぽい漢字ですねえ。あ、こうきくんの文字は元気でワクワクするような感じがするね。どこからコピーしたのかな。

明日

「えーとぉ、僕はぁ、楽天の明太子の通販ページから『明』をコピーしてぇ、日産の車のページから『日』をコピーしました。車が好きだから」

――好きなもので作った「明日」だから、こんなにワクワクするんだね。かずしげくんは……。

明日

「僕は自分で入力しました」

――ダメでしょう！　今は習字の時間ですよ！　入力……？　とか、わけのわからない勝手なことをやってないで、コピーとペーストをしなさい！　まったくいつもこの子ったら……。

明日

「先生！　私は私は？」

――あずさちゃん、「日」が「日」になってますよ。どこかから適当にコピーしましたね。明日また提出しなさい。とものりくんは？

明日

「いまの『明日また提出しなさい』から持ってきました」

――手抜きはいけません。

名称未設定ファイル_11
ピクニックの日

トーストのやけるいいにおいで目をさました。

窓の外で小鳥のなきごえがする。たまにとんでいる、きれいな緑色をした鳥の親子かもしれない、と、ねぼけた頭でおもった。

ぼくは目をこすって、ベッドから体をおこした。

のろのろとパジャマをぬぎながら、さっきまでみていた夢のことをかんがえた。だけどだめだった。どんな夢だったか、もうわすれてしまっていた。ただ、胸のあたりがぎゅっとちぢこまるような感じのする夢だった。ぼくは右の手のひらを胸にあててみた。あの変な感じはなんだったんだろう。

リビングにいくと、エプロンをしたお父さんが鼻歌をうたいながらソーセージをやいていた。

「タドル、おはよう」

「おはよう」

ぼくは冷蔵庫をあけて、オレンジジュースの瓶をとりだした。

まるいテーブルにコップをおいて、ジュースをとくとくとそそぐ。こぼさないように、よくきをつける。

「ママは?」

「ママはまだねてるよ」

ぼくのママはねるのが大好きだ。いつも夕方くらいまで横になっている。おきているときは、だいたい本をよんでいる。ママは本をよくよむから物知りで、いろいろおもしろい話をぼくにきかせてくれる。ぼくはそれをきくのが好きだ。でも、眠っているママの顔をみるのも好きだ。

「パンがやけたぞ。ソーセージも」

パパがオーブンからパンをとりだして皿にのせ、横にソーセージをそえた。よくやけた食パンの上にバターをぬる。これがけっこうむずかしい。冷蔵庫からだしたばかりのバターはかたまりだから、パンにぬろうとしてもころがってしまう。無理やりぬろうとナイフでバターをおさえつけると、パンが「かんぼつ」してしまう。この「かんぼつ」という言葉は、このまえママにおしえてもらった。ぼくはてっきり、「かんぼつ」はパンとバターのときにだけつかえる言葉だとおもっていたけれど、どうやら他のものも「かんぼつ」するらしい。

「パパ、さっきね、外で鳥がないてたんだけど」

「どんな鳥だい」

パパはナイフでバターのかたまりをうすくきって、それを器用にぬりひろげている。

「みてない。声だけきいたんだ。チョロロロ、みたいな声。なんていう鳥かわかる?」

「さあなあ」

「でね、たまにさ、庭に緑色の鳥の親子がとんでるときがあるんだよ。あの鳥の声だったらいいなっておもう」

ソーセージをもぐもぐしながらパパが言った。

「ママなら鳥のことも知ってるかもしれないぞ」

「あとできいてみる」

朝ごはんをたべたあとはあらいものをした。ぼくはパパがあらった食器をきれいにふく係だ。

「今日はピクニックの日だよね」

「そうだよ」

「ママ、ちゃんとおきてくるかな」

「さあね。起きてこなかったら明日だな」

「あしたもおきてこなかったら？」

「明後日だ」

「あさってもおきてこなかったら……」

「起きたわ」

ふりかえると、青いパジャマのママがいた。

「ママ、おはよう」

「おはよう、タドル」

ぼくはママのところにかけよって腰にだきついた。いいにおいがする。パンやバター、焦げたソーセージとはぜんぜんちがう種類のいいにおいだ。

「今日は早いじゃないか」

パパは冷蔵庫からだした冷たいハーブティーをコップにそそいだ。ママは朝おきたらまずハーブティーをのむ。朝食はたべない。

「だって、今日はピクニックの日でしょ」

そういうママは涼しい顔でコップに口をつけた。ママはあまり笑ったりしないけど、本当はやさしいからすきだ。

「そうだよ。ピクニックだよ。ねえ、いつでかけるの」

パパが台所を布でふきながら言った。

「お弁当を作ったら出かけようか」

「お弁当はなに？」

「サンドイッチがいいわ。ピクニックといったらサンドイッチでしょう」

「サンドイッチって、なに？」

「パンとパンの間にお野菜とかお肉とかを挟んだ料理のこと」

ママの説明をきいただけで、ぼくの口の中につばがあふれてきた。

「じゃあ、今日はサンドイッチに決定だな」

ぼくは、料理をするパパの手のうごきを横からながめるのが好きだ。

食パンのみみのところを、包丁で4回きりおとす。すると、ふかふかした、干したあとのふとんみたいになる。

「今度はパンにマスタードをぬるぞ、タドル」

パパがスプーンで瓶からマスタードをすくって、ていねいにうすく引きのばしていく。スプーンの背中をつかってぬると「かんぼつ」しない。

「ぼく、辛いのはたべられないから、ぼくのサンドイッチにはぬらなくていいよ」

「おう」

パパとママのぶんにだけマスタードをぬった。まっしろだったパンが少し黄色くなってしまって、ちょっとざんねんだ。ちらっと後ろをみたら、ハーブティーをのみおわったママがほおづえをついて、ぼくとパパをじっとながめていた。

つぎは、ハムとスライスチーズをのせる。

「タドル、やってみろ」

パパがぼくにいった。ぼくは冷蔵庫をあけて、ひんやりとしたハムとチーズをとりだした。まずはハムをパンの上にのせていく。ぺたり。ぺたり。シールみたいだ。おもってたよりも簡単だったから、次々とのせていったら、パパが急にストップをかけた。

「ああ、全部のパンにのせたらだめだよ。あとで二つのパンを重ねて一つにするから、のせるのは半分でいいんだ」

「あ、そうか」

　まちがえてしまった。でも、その上にチーズをのせるときはうまくいった。

「あー、次はなんだっけ、ママ？」

　パパがよびかけると、ママはすぐにこたえた。

「レタスよ」

「そうだ、レタスだ」

　あざやかなみどりいろのレタスを、蛇口からだした水でばしゃばしゃあらう。よく水滴をきってから、こんどは手でちぎっていく。

「彩りってやつだな」

「いろどりってなに？」

「食べ物には、できるだけいろんな色があったほうがいいんだってさ」

　パパが「だってさ」というときは、ママにおしえてもらったことなのだ。ママは本当に、なんでもしっている。

「レタスの次は目玉焼きをのせるぞ。こぼれるから黄身は硬めにしたほうがいいな」

そういって、パパは家でいちばん大きいフライパンにつぎつぎと卵をわってほうりこんだ。あっというまにいくつもの目玉焼きができた。それをフライ返しでさっとすくいとると、レタスの布団の上にねかせた。

「すごーい」

ぼくはおもわず拍手をしてしまった。

みみのない白い食パンの上に、ハムとチーズとレタスと目玉焼きがのっている。それの上に食パンをのせてギュッとはさむとサンドイッチの完成だ。すごくきれいだ。こんなのおいしいにきまってる。

「ママ、どう？　すごくよくできたよ」

できあがったサンドイッチをのぞきこんで、ママはうれしそうにほほえんだ。

「すごいじゃない。これを持ってピクニックに行きましょう」

サンドイッチを竹であんだバスケットにいれて、水筒にハーブティーをそそぐ。お気に入りの服にきがえたら、準備はばんたんたんだ。

家のうらの道をパパとママとぼくで並んであるく。ぼくの右手はパパと、左手はママとつなぐ。パパの左手はふかふかあたたかくて、ママの右手はほそくてつめたい。

ぼくはママにたずねた。

「山にはどうやっていくの？」

「この道を、ずっとずっとまっすぐ歩いていけば山よ」

うららかな日差しの下で、ママは長い髪をみつあみにして、麦わらぼうしをかぶっている。あるくたびに白いスカートがひらひらゆれる。

「その服、似合ってるよ」

パパがママにいった。

「ぼくも、すごく似合ってるとおもうよ」

「ありがとう。嬉しいわ」

ママはまっすぐに道の先のほうを向いたまま言った。その頭の上を、小鳥がすうっととんでいった。

「そういえば、ママ」

「なあに？」

「チョロロロってなく鳥、しってる？　その鳥って緑色でかわいい親子の鳥かなっておもうんだけど」

「なんで緑色だとおもったの？」

「ぼく、緑色の鳥が、チョロロロってないてたらすごくいいとおもうんだ」

ママはふっとほほえんだ。

「そうね。だったらきっと、その鳥だったんでしょうね」

「よかった」

ぼくはほっとした。ママがそういうなら安心だ。ママはものしりだから。

「おい、あれ……」

林の中をとおるとき、パパがあいている右手でしげみのほうを指さした。

赤い××××がいた。

ぼくはパパの後ろにかくれた。

×××は、ママのところまでのたのたと近づいてきて、体の横からのびているものを左右にふって、かんだかい音をだした。

「××××××××××」

ママは、まったく表情をかえないで、同じような音を口からだした。

「×××××××××××××××××××」

「××××××××」

「××××××××××××」

　ママと××××は、しばらく交互に音をだしあった。

　音はゴワゴワしていたり、はんたいにキリキリしていたりして、ママがそんな音を出しているとき、ぼくの胸はなんだかモヤモヤした。

やがて、××××は細長い体をだらんとかたむけると、しげみの中に戻っていった。ぼくはなぜか、ちょっと心配になった。

「ねえ、ママ……」

「さ、行きましょう」

「ああ、行こう。タドル」

ぼくたちは山にむかって、ふたたびあるきはじめた。あるきながらかんがえるのは、さっきの××××のことだ。

「ママは、どうしてあいうふうな音がだせるの？」

「勉強したからよ」

「ぼくもできたほうがいいかな」

「必要ないわ。あの人と話せるのは私だけで十分だから」

ぼくはおどろいて言った。

「人？　あれは人なの？」

「まあね。でも、そういうものだとタドルは思っていればいいのよ。あれがああいうふうに見えるってことは、私たちとは関係ないってことなの」

ママのいうことは難しくてよくわからなかったが、パパもニコニコしながら「関係ないさ」というので、ぼくは、そういうものなのか、とおもった。

たくさんの木にかこまれた道をあるく。鳥の声とか、枝のこすれる音がきこえてきて、けっこうにぎやかだ。そして、あるけばあるくほど、だんだんと道がななめになってきて、一歩をふみしめるのに力がいる。

「山って、どこからが山なんだろう。どれくらいななめになったら山のはじまりなんだろう。パパはしってる？」

「考えたこともないなあ。そういうのは物知りママに聞いてくれよ」

「昔の人も、タドルみたいなことを考えたらしいわ」

ママはあるくはやさを少しだけゆるめて言った。

「ぼくみたいに？　山はどこから山なのかって？」

「砂山からね、砂を1粒だけ取り除くの。それでも砂山は砂山。じゃあ、2粒、3粒……と取り除く数を増やしていったら、どこから砂山でなくなるかって。そういうことを真剣に考える人が、昔はいたのよ」

「へえ、今はどこにいるの？」

「どこにもいないわ。昔の人なんだから」

「どこにもいない……？」

山とか砂山よりも、そのことのほうがふしぎだった。だって、昔いた人なら、今だってどこかにいるはずだ。

「でも、砂山はどこから砂山でしょう、みたいな問題は、結局ぜんぜん意味がないことがわかったんですって。だからやがて、みんなそういうことを考えるのをやめたの」

「そりゃあ、やめて正解だな。ピクニックに行ってサンドイッチを食うほうが百倍賢い」

そう言ってパパが笑う。はんたいに、ママの顔は、ちょっとおちこんでいるみたいだった。

屋根のようにかさなりあった葉っぱのすきまから、太陽の光がこぼれおちる。パパとママの体にまだらもようの影がはりついていておもしろい。

「そろそろ、このへんで休憩にしよう」

木にかこまれた道をぬけて、ぼくたちは広くてあかるい原っぱについた。緑の中にぽつぽつと、赤くてきれいな花がさいている。

「ねえ、緑の中に赤があって、いろどりがあるね」

ぼくがそう言うと、パパが首をひねった。

「いや、タドル。『彩り』は料理をするときだけつかうんじゃなかったか」

「そんなことないわ。こういうのも彩りよ」

ママが風にとばされないようにぼうしを押さえながら、涼しい顔で言った。

「へぇ、そうなのかい」

「タドルは偉いわね」

ぼくはママにぎゅっとだきついた。

草原にシートをしいて、バスケットをあけた。中にサンドイッチが入っているのはわかってるのに、あけるときは宝箱みたいでわくわくした。

「いただきます」

口を大きくあけてサンドイッチにかじりつく。口の中でいろんな味がしてたいへんだ。じっくり口の中に心を集中しないといけない。

「こりゃうまいな」

「でしょう」

パパもサンドイッチがとてもきにいったみたいで、ひとりでバスケットの半分も食べてしまった。ぼくとママもいつもよりたくさん食べたから、バスケットはすぐに空っぽになった。

「ふう」

おなかいっぱいになって、ぼくらは草の上にごろんとねころがった。目いっぱいに空がひろがって、真上にかかったまんまるな虹が、まるで顔のすぐ前にあるみたいに見える。

すぐに、横からパパのいびきがきこえてきた。パパはおなかいっぱいになるとすぐにねむってしまう。

ぼくは空に向かって手をのばし、虹のかたちを指でなぞった。いちばん外側が赤色で、だんだん色がくらくなって、いちばん内側がむらさき色だ。

「昔はね、虹が今のとぜんぜん違ったのよ」

ぼくのとなりでママが言った。

「それ、どのくらい昔?」

「どのくらいか私もわからないくらい昔」

「ふうん」

ママでもわからないんだから、きっとものすごく昔なんだろうな。

「昔、虹が見られる場所は空のてっぺんじゃなくて地平線だったし、雨上がりのときだけ太陽の反対側に出るものだったの」

「なんで今はちがうの?」

「すごく長い時間が経ったから」

パパがねむっているときのママはちょっとだけおしゃべりになる。

「ママは昔の虹を見たことあるの？　昔って、虹のほかにはどんなふうになってたの？　ママわかる？」

「タドルは、こんな話聞いておもしろい？」

「おもしろいよ。昔のこともっと知りたい」

それに、ママが話したそうにしているような気がして、だからもっとききたいと思った。

「だったら話すけど。たぶんタドルには難しいし、退屈なら寝ちゃってもいいんだからね」

「絶対ねないよ」

「ずっとずっと昔はね、この地球は今よりも、なんていうかすごくゴチャゴチャしてたの。いろんな人がたくさんいて、みんなで好き勝手なことを言ったりやったりして、ぶつかりあって……」

「うん」

「本当は、みんな違う生き物だったのよ。摩擦が生まれて当然なの。なのに、同じ姿かたちをした人間だというだけで、仲良くしなければいけなかった。淡水魚と海水魚を同じ水槽で飼ったら、片方は絶対に死んでしまうのに」

なんだかよくわからない言葉がふえてきたけれど、ぼくは意味をきかなかった。きいたら、ママの話がおわってしまう気がした。

「やがて争いの火種は膨れ上がって……ついに、大きな爆発が起きて……ああ、なんと言ったらいいのか……そうね。『陥没』したの」

「へこんじゃったの？」

「そう。世界が大きくへこんで、人の数がものすごく減ってしまったの。それでね、とっても偉い科学者が、もう二度とみんなが『陥没』みたいなことを起こさないように、コンピュータであらゆるパターンを計算したんだけど、その結果は『ほとんど確実に陥没はまた起こる』というものだった。もし陥没を直して、人の数をまた元通りに増やしても、将来、また同じことが起きる」

言っていることのいみは、ぼくにはぜんぜんわからない。ママはぼくの手をぎゅっとにぎって、また話しはじめた。

「昔の人が不幸だったのは、だから、仕方のないことだったの。誰もが偶然に支配されていて、出会うべき人と出会えず、関わるべきでない人と暮らしていた。

災難や悪意がでたらめに行き交う中で暮らさないといけなかったの」

丸い虹のまんなかを大きな鳥のむれがとんでいった。

「やがて、私たちの幸せのために、人をコンピュータで管理しようという考えが生まれた。ただ、それはかなり無茶なことだった。自由意志とか、人権とか……そういう大切なものをまるで無視する発想だったから。そこで、私たちは幸福のために一度世界を捨ててしまったの。もう一つの世界を作って、そこに引っ越して暮らすことに決めたのよ」

「引っ越し？　どこに？」

「ここよ」

と、ママは言った。

「ものすごく大きなベッドルームに、何千万という数の人がねむっている。その人たちが見ている夢がこの世界なの」

なんだか、ママの言っていることはむずかしくてよくわからない。ぼくは、ものすごく大きい部屋でぐうぐうねむっている人をあたまにおもいうかべてみた。となりでいびきをかいているパパみたいな人がものすごくたくさん、ひろい部屋でならんでねむっているのだ。見てみたいなとおもった。

「ただ、いくら仮想世界でも、現実と同じような不幸は生まれうる。だからといって、人の心を直接いじり回して、無理やり幸福を感じさせるようなことは絶対にしちゃいけない。そこで最適化アルゴリズムを世界生成のルールに組み込むことにしたの。って、それじゃタドルにはよくわからないわよね」

「あんまり、よくわかんない」

よくわかんないというのはちょっとウソだ。さっきからほとんど、ぜんぜん、わからない。

「もう少し簡単に言うとね、世界に不幸な人が生まれたら、時間を巻き戻すように設定したのよ。誰かが悲しい思いをするようなことがあった瞬間に、保持されていた過去のデータが呼び出されて『やり直し』できる。世界のたった一人でもよ……」

そう言って、ママはうっとりと目をとじた。ぼくもまねして目をとじてみると、まぶたの向こうにかすかに虹が見えるようなかんじがした。

「タドルはジグソーパズルって知ってる?」

「うん。おうちにもあるよね。どうぶつのやつ」

「この世界はきっと、果てしなくピースの多いジグソーパズルみたいなものなの。でも、どんなに大きなパズルでも、ピースを順番に一つ一つ組み合わせ続ければ、いつかは絶対に1枚の大きな絵ができる。大きさは問題じゃないの。昔の私たちは、そのトライ・アンド・エラーに世界を賭けた。そして、新しい世界はゆるやかに綺麗なグラデーションを描き始めた。運命が試行錯誤を繰り返しながら、より良い方向へと私たちを導いてくれる」

もうママはぼくに話しかけているのではなくて、ママ自身にことばをむけているみたいだった。ぼくはだんだん、頭のおくが重くなってきた。

「その世界で過ごすうちに、目にするものや出会う人々の言葉が、どことなく角が取れたみたいになめらかになって、物や出来事の境目がだんだんとほどけていったわ。みんな互いに必要としあっている人だけで暮らすようになって、本来なら出会うべきでない人は、最適化された運命が遠ざけてくれる。世界の形もゆるやかに私たちを包み込むように変わっていったわ。いつのまにか緑が増えて、見たことのない鳥が鳴いて、虹がいつでも見られるようになった。長い時間をかけて必ずみんなの願いが叶《かな》うなんて素敵でしょう」

「うん……」

ママのやさしい声が耳にとどくたびに、ぼくはだんだんとねむくなっていった。

「夢みたいよ。私、こんなに幸せで。いえ、ある意味じゃ夢には違いないけど」

「うん」

ママがぼくのほほをなでるのがわかった。

「今日のピクニックも、何度だって行きたいくらいだわ。タドルとパパとママの3人だけで森を歩いて、サンドイッチを食べて。でもたまに、昔が懐かしくなる」

「何が?」

「さっき森で会った人、いたでしょう」

「赤くてほそながい、ヘンな……」

「そう。あの人、本当はササキさんって言うの。昔、近所に住んでて……とても感じの悪いおじいさんだった。長い時間をかけて今のササキさんはあんな形になったけど、でも、消えてしまわなかったってことは、私がササキさんみたいな人が世界のどこかにいてほしいと願っているのかも。変ね。私はずっとパパやあなたみたいな子と暮らすことを願ってたのに。あの寂しくて惨《みじ》めだった頃を忘れられない。ああ、いけない。こんなこと考えたら。また……」

ぼくはもうねむくて、あたまがふわふわになっていて、でもママの顔を見たいとおもってうすく目をあけた。よこになったママがほほえみながら、なみだをながしていた。

「ママ……？」

「明日、ピクニックに行きましょう。何度でもね……タドル……」

そしてぼくは目をとじた。あたたかいな、あしたのピクニックたのしみだな、とおもいながら、ママとパパの間でゆっくりとしずんでいく。

名称未設定ファイル_12
亀ヶ谷典久の動向を見守るスレpart2836

【カメやん】亀《かめ》ヶ《が》谷《や》典久《のりひさ》の動向を見守るスレ part2836【妻は臨月】

1: 名無し
磯崎《いそざき》重工営業部の亀ヶ谷典久（34）を応援するスレッドです。
スレに無関係な話題・叩き行為は禁止。
本人に突撃は絶対に NG！（犯罪です）

初めての人は書き込む前にこちらを熟読するように
→亀ヶ谷典久総合 Wiki

亀ヶ谷典久アンチの皆さんはこちらへ。
→【無能】亀ヶ谷典久は生鮮バイトをバックレる人間のクズ part344

>>970 を踏んだ人が次スレを立てる。立てられない場合は他の人に依頼すること。

2: 名無し
>>1 乙

3: 名無し
スレ立ておつです。
ここんとこあんまおもろい話題ないね。

6: 名無し
今日のカメやんの朝飯なに？

7: 名無し
>>6
カメやん速報
・バタートースト（超熟）
・野菜ジュース

まあ順当やな

8: 名無し
>>7
ｻﾝｸｽ
もう3日くらいトースト食ってね？
戸棚に入ってるコーンフレークがまだ1/3残ってたはずだが。

9: 名無し
カメやん飽きっぽいからな
コーンフレークも飽きたんやろ

10: 赤目兎
>>9
適当こいてんじゃねえぞカス。

コーンフレークを食わないのは単に牛乳を切らしたからだ。

今は13日の木曜、次の買い出しの予定日が17日だから牛乳はそのときに補充するはず。


つうか飽きっぽいって情報のソース何よ？

もしかして大学時代の生鮮バイト辞めたこと言ってる？

アレはパートのババアがカメやんに逆セクハラしたせいで辞めたって1000スレ以上前に結論が出てる。証拠画像もある（言われればうpするが？）。

紛れ込んでるつもりのアンチって簡単にボロ出すよな（笑
さっさと巣に帰れや。

11: 名無し
うさカスたん久々に見た

15: 名無し

うさカスたん相変わらずだな。
もう10年以上こんな感じじゃね

16: 名無し
>>15
いや、俺が知る限りカメやんが16そこらのころからスレ常駐してるから18年以上？
ご苦労様です

19: 名無し
もっと前からいるぞ
まあ空気みたいなもん

22: 名無し
【悲報】カメやん京浜東北逃す
遅刻確定…やっちまったな
出世に響くぞ～

24: 名無し
いや急げばまだ全然間に合うだろ

26: 名無し
最近のカメやん何かたるんでね？
今日の遅刻も夜中の3時までエロサイト見てたからだろ

しかもSMものwwww

30: 名無し
>>26
臨月の嫁が実家に引っ込んでるからな
溜まってるだろうし一人の時くらい羽伸ばしたいんだろ

32: 名無し
出産予定日近いんだったな
来週だっけ？
しっかし感慨深いな～あのカメやんがパパだって www

45: 名無し
>>32
正直、所帯持ってからカメやんどんどんつまんなくなってる
若い頃のカメやんは野心があったっつーか、もっとぶっ飛んでた
今は良くも悪くもフツーのリーマンって感じ

51: 赤目兎
>>45
亀アンチは巣に帰れ。
目障りなんだよ○ね。

58: 名無し
>>51
いやいや…俺はアンチじゃないよ w
なんならカメやんずっと応援してるし
高３の体育祭での件からカメやんウォッチするようになって
なんだかんだ毎日チェックしてたし好きだったよ
でも今のカメやんはそのころの輝きは全然無い　正直言ってね

61: 赤目兎
>>58
あ～～はいはいはい出ましたよアンチの常套手段（笑)。
元信者装うタイプね 1000000 回見たわ。
でも俺から言わせてもらえばそういう輩って総じて雑魚なんだよね。
あ　いいよいいよ？　じゃあ逆に聞かせてもらうわ。
カメやん好きなんだよね？　だったら答えてください。

「高校３年の２学期のカメやんがいた教室の席は？」

右から○列目、前から○番目って答えてね。
好きだったなら答えられるよね？
答 え ら れ る よ ね ？

63: 名無し
うさカス今日は一段とフィーバーしてんな
つうか >>58 も構うなよ

70: 名無し
>>63
うわ…すみません、触っちゃいけない人でしたか
こんな場末のスレッドでも一日中張り付いてる人いるんですね

74: 赤目兎
>>70
あれあれあれ？？？答えがないよ？？

「高校３年の２学期のカメやんがいた教室の席は？」

もちろん >>70 クンには簡単な問題だよね？
答えられなきゃ偽装アンチって白状したことになるけどいいかな？

雑魚が答えに詰まって真っ赤になってるのは愉快だね（笑

79: 名無し
でも実際最近のカメやんつまんねーよな
今嫁と事実婚状態になってから一気につまんなくなった
朝飯もトーストとか言って舐めてんの？って感じ
もっと面白いもん食えよ
小さくまとまっちまったよな　まさに終わりの始まり

そろそろカメやんも潮時かな

85: 赤目兎
\>>79=45
複数回線で仲間が多いように見せかけるいつもの手口。
黙って非表示登録で快適快適♪

90: 名無し
なにこのスレ気持ち悪…

92: 名無し
終わってんなこのスレ。

97: 名無し
平日はカメやんも仕事で話題がないからどうしても荒れがちだよ
まあ新しい話題は気まぐれに待ちましょう

102: 名無し
\>>97
「気長に待ちましょう」だろ
恥ずかし

105: 名無し
\>>102
「気まぐれに待ちましょう」はカメやんが中２のときに言って笑いものにされた言い間違いの引用だよ
恥ずかしいのはどっちだか

112: 名無し
そうか……気まぐれに待ちましょうがもう通じない時代か……
このスレおっさんばっかかと思ったらそうでもないのかもな

120: 名無し
昼休憩キターーー

125: 名無し
今日は何食うかな
俺はカレーに１票

128: 名無し
昨日　同期の藤田が食ってたカツ丼に向けていた物欲しそうな目を
俺は忘れない
カツ丼に１票

139: 名無し
【速報】きつねうどん

145: 名無し
はああああああ？？？なんできつねうどんなんだよ
昨日も食ってただろクソ亀市《し》ね

152: 名無し
>>145
おっとその興奮ぶりはもしかしてリアルマネー賭けてた？
カメやんギャンブルは最近警察の締め付け厳しいから気をつけなね

160: 名無し
>>145
通報しました

162: 名無し
ま、うどん好きなカメやんだから２日連続も十分あり得た
玄人なら正解して当然かもね

銀行の暗証番号も1728（いなにわ）にしてるくらいだし

169: 名無し
>>162
それもう変わったよ
今の暗証番号は嫁の誕生日の逆順

174: 名無し
ほんと女できてからカメやん変わったよな
一気に劣化した

178: 名無し
いいかげん懐古アンチしつこい

180: 名無し
えっ、初めて来たんだけどこのスレなんなの…
カメやんって誰？
有名人とかじゃないんだよな？

182: 名無し
>>180
新参は黙って見てろ

184: 名無し
ちょっと調べたけどやっぱ変だよ。
なんでもない個人をずっと監視してんの…？
ストーカーじゃん。気持ち悪。

186: 名無し
>>184
だったら見なけりゃいいだろ

189: 名無し
>>184
お帰りください

192: 名無し
最近変なの増えたね

194: 名無し
〜昼休み終了〜

202: 名無し
業務中に関係ねーサイトみてんじゃねーよカスやん wwww

214: 名無し
華麗なサボりはカスやんの伝統芸能

220: 名無し
子供の名付けサイト見とる wwww
すでに子煩悩かよ wwwww

233: 名無し
まじかーやめてくれ
大学の旅行で打ち上げ花火横に撃ってペンションの用具入れ半焼させたカメやんはどこに行ってしまったんだ

236: 名無し
>>233
懐かしすぎて吹いた
あのときは一瞬で１スレ使い果たしたよなｗ

247: 名無し
新参であんま知らないんだが

カメやんの嫁ってどんな人なん？

259: 名無し
>>247
旧姓　墨田亜紀子《すみだあきこ》。32 歳。
4 年前に合コンで知り合って付き合い始めてそのまま結婚。
今は臨月で実家にいる。

これ以上はスレ違いになるから嫁の専スレでやってくれ。

270: 名無し
>>259
ありがとう恩に着るぜ　お茶女卒なのな意外だｗ
顔も見たけどなんかボヤッとしてる天然系？
カメやんが押せ押せタイプだから押し切られたんかね？
夫婦仲は割と良さそうだな

273: 名無し
いやああ見えて魔性の女だよカメ嫁は
それっぽい言動も計算でしょ
男ってなんであーいうのに騙されるんかね？
カメが寝てる間に携帯の履歴チェックしてるし
プライベートを覗き見する最低の糞女

279: 名無し
>>273
い
そ
男
カ
プ
どこを縦読みですか？

286: 名無し
自分ならカメやんの嫁になれると思ってる哀れな独身女なんだよ察しろ

294: 名無し
カメやん集中力切れてきたな
またあくびしてる

299: 名無し
さっきログざっと見た。
ここってマジで個人にずっと粘着してるんだね。
この亀ヶ谷って人がなんかしたの？
お前ら頭おかしいんじゃないの
人間がやっていいことじゃないよ気持ち悪い

306: 名無し
>>299
お前暇人すぎだろ…
あと規約も読めないような奴は帰れよ
叩きたいならアンチスレでやってくれ

326: 名無し
電話きた

328: 名無し
電話きてる

330: 名無し
葦田《あしだ》通商のハゲだろどうせ

342: 名無し

生まれる!?

350: 名無し
子どもうまれる

363: 名無し
おいおいおいおいおい
まじかああああああああああああ

380: 名無し
カメやん「どーしましょっかねーw」
じゃねーよww
早く行ってやれwww
あと手震えてるぞ

403: 名無し
顔が真っ青ww
どう見てもテンパってるwww

421: 名無し
さっさと病院行けや！

440: 名無し
課長「行ってあげて」

やだこの人イケメン…

462: 名無し
だからおかしいでしょ、こんなの……。
本当に気味が悪いわストーカー共。
ここに常駐してるやつ全員頭イッてるよ。

480: 名無し
>>462
まだいたのかよお前。
全員イッてる？ あ、自分も含めて？
カミングアウトご苦労さまですｗ

487: 名無し
>>462
いるよな
こうやって盛り上がってるときに逆を言って
かまってもらおうとする奴

618: 名無し
【速報】生まれた

625: 名無し
うわあああああああああああああ
うわあああああああああああああ

654: 名無し
まじかあああああああああああああああああああああああああああ
ああ

670: 名無し
カメやんギリ間に合ってよかったな

674: 名無し
赤んぼ血まみれでグロすぎ
でも健康そうだなマジでよかった

684: 名無し
あれ

名称未設定ファイル_12　亀ヶ谷典久の動向を見守るスレ part2836

なんで俺泣いてるんだろ

716: 名無し

>>684

奇遇だな

俺もだ

754: 名無し

最悪…

ついにカメやんも本格的に終わりだね

あのクズ女につけ込まれて何もかも搾り取られるのが目に見えてる

数年後に離婚して慰謝料と養育費振り込むところが目に浮かぶわ

あとで後悔しても遅いのにね〜　あ〜あ

ていうか本当にカメやんの子？

そこから怪しいんだけど

794: 赤目兎

>>754

バーカ。

嫁は浮気してないし。

10ヶ月前に夫婦でやってたのもしっかり記録が残ってるよ。

なんならログ出そうか？

勝手な妄想で下衆の勘ぐりしてんじゃねえよカス。

815: 名無し

カメやん泣いてるwww

819: 名無し

ちくしょう今日は記念すべき日だ！

822: 名無し

なんなんだよこのストーキングスレ。
マジでお前ら警察に通報するからな。

830: 赤目兎
>>822
ストーキング連呼くん（笑
もういいから帰りなさい。

901: 名無し
子ども名前は？　候補いくつかあったよね
俺的には「一輝」が来ると思う

913: 名無し
俺も一輝に１票

934: 名無し
【決定】翔希（しょうき）

944: 名無し
亀ヶ谷翔希か
いい名前だな

952: 名無し
マジ？　ちょっとセンス疑うわ
嫁の入れ知恵かな

964: 赤目兎
一輝とか言ってたヤツ息してる？？
今ごろディスプレイの前で顔真っ赤にして壁殴ってるかな？
今までの流れを知ってれば一輝なんて答えは絶対に出ないはずなんですよねえ。
まあニワカにこのスレはまだ早いってことだ。

名称未設定ファイル_12　亀ヶ谷典久の動向を見守るスレ part2836

10年ほどROMって出直して来なさい（笑

970: 名無し
>>964
お前は何と戦っているんだ

974: 名無し
>>970
次スレ立てよろしく

985: 名無し
【カメやん】亀ヶ谷典久の動向を見守るスレ part2837【一児のパパ】

ほい、お待たせ

988: 名無し
>>985
おつ！今回は記念すべきスレだな！

991: 名無し
子供のスレも立てといた

【カメやんの】亀ヶ谷翔希の動向を見守るスレ part1 【息子】

994: 名無し
>>991
おお！立てようと思ってたとこだったわ。
息子の方は何スレ行くか見ものだな。
カメやんの爺さんはもう part13000 まで伸ばしてることだし。

996: 名無し
うめ

998: 名無し
　1000 なら夫婦安泰

999: 名無し
　1000 なら離婚

1000: 名無し
　1000 なら俺達はこれからも末永くアイツを見守る

このスレッドは書き込み数 1000 を超えました。
新しいスレッドを立ててください。

名称未設定ファイル_13
GIF FILE

僕は赤いシーソーの上にまたがろうとしている。シーソーの反対側にはブロンドの女性がいて、僕が座ろうとする直前にシーソーに深く腰を下ろす。てこの原理でシーソーが勢いよく持ち上がって、僕の股間を強打する。僕は倒れてうずくまり、痛みに悶絶《もんぜつ》する。反対側の彼女は唖然《あぜん》とした顔でそれを見ている。

ループ。

僕は赤いシーソーの上にまたがろうとしている。シーソーの反対側にはブロンドの女性がいて、僕が座ろうとする直前にシーソーに深く腰を下ろす。てこの原理でシーソーが勢いよく持ち上がって、僕の股間を強打する。僕は倒れてうずくまり、痛みに悶絶する。反対側の彼女は唖然とした顔でそれを見ている。

ループ。

僕がそのことにうっすらと気づいたのは、何度股間を強打した後だったのだろう。僕が赤いシーソーにまたがろうとする。向かいの彼女が腰を下ろす。僕が股間をぶつける。悶絶する。はじめて言葉を覚えたときのことを思い出せないのと同じで、覚醒の瞬間は曖昧なグラデーションの中にあった。僕自身が繰り返しの内部にあることをはっきりと把握するまでには、さらに５８００回もの反復が必要だった。そしてやっと、僕は自分の置かれている世界を正確に理解したのだ。

僕はＧＩＦ動画だ。僕が僕であって他人と取り違えるようなことが絶対にないように、端的な事実として僕はＧＩＦ動画なのだ。

フレーム数は74。0.05秒おきに画像が切り替わる3.7秒のＧＩＦファイルの中に僕がいる。減色処理が施されているので画質がよくない。よく見ると僕の皮膚も点状のノイズが乗ってガビガビしている。きっと容量は１メガバイトもないだろう。

幾度となく持ち上がるシーソーに股間をぶつけながら、僕は周囲を注意深く観察した。簡単そうに見えるけれど、それは本当に気の遠くなるような作業だった。僕はどこか公園のようなところにいるらしい。空は青く晴れている。目の前の彼女のほかに人は見あたらない。細部を念入りに見てヒントを探そうとしていた。この無限にも近い繰り返しから脱するための出口がどこかにあるのではないかと信じたかった。

考えてみてほしい。自分の人生がわずか3.7秒の繰り返しの中にあるとしたら。世界には自分とシーソーと女性だけがあって、僕は股間をぶつけて悶える以外に何の役割も持っていないとしたら。ちゃかちゃかとせわしなく動く数秒のドタバタ劇だけが僕の人生で、本当はそれに気づくことすらままならないのだ。

何度も強く死を望んだ。ばかばかしいループを今すぐにでも打ち切って無の中に消えてしまいたかった。よりによって、なぜ僕はこの僕なのだと、いるのかもわからぬ神を呪った。どうせなるにしたって、麻薬中毒の警察官とか、拒食症の妊婦とか、いくらでも選択肢はあったはずだ。なぜ僕は股間をぶつけるＧＩＦ動画なのだ。

何万回目かのループで、僕は妙なことに気づいた。僕の目の前にいるブロンドの女性の表情に、何かいつもと違う雰囲気を感じたのだ。泣いていたとか笑っていたとか、そういうことではない。動画の色情報は1ピクセルたりとも変化していないはずだ。そういう外面的な変化ではない、内部にいるものにしかわからない何かが起こっている予感がした。

ブロンドの彼女の目は、おびえていた。

繰り返し表示される完全に同一な情報の内側で、僕は彼女の瞳に弱い光のような意思を見いだした。もしかしたら、彼女と意思の疎通をはかれるかもしれない。孤独から解放されるかもしれない。そんな淡い期待を抱いて、僕は懸命に意思を伝えようとした。といっても、僕は能動的に動くことはできない。できるのはシーソーに股ぐらを打ち付けて痛がることだけだ。接触の機会は74フレームのうち、わずか4フレーム。その瞬間だけ、彼女と僕の目が合う。その瞬間、一瞬の中に僕の魂を込めた。これは平凡な比喩ではない。文字通り、込めたのだ。

「」「」「」「」「」「」「」「」「」「」

はじめは何も伝えることができなかった。執拗《しつよう》に繰り返される3.7秒のユーモラスな動画は想像と実感を超えてずっと堅牢《けんろう》で、一切の私情を差し挟む隙もない気がした。それでも懲りずにずっと彼女にアイ・コンタクトを送り続けるうち、僕は少しずつ、ほんの少しずつ、視線に意味を込めることができるようになった。


「き」「き」「き」「き」「き」「き」「き」「き」「き」

「き」「き」「き」「き」「き」「き」「き」「き」「き」

「きこ」「きこ」「きこ」「きこ」「きこ」「きこ」

「きこえる？」「きこえる？」「きこえる？」「きこえる？」

「きこえる？」「きこえる？」「きこえる？」「きこえる？」


たったひとつのセンテンスを伝えるために、数百以上のループが必要になる。素手で岩に彫った字でチャットをするようなものだ。ひたすらに時間感覚を引き伸ばすようつとめて、苦痛を和らげた。

僕はなんとか耐えられる。彼女のほうが反応してくれるかどうかが懸念点だ。コミュニケーションを成立させるには、彼女のほうも僕にコンタクトを試みる必要がある。彼女との距離はシーソーを挟んで2メートルもないけれど、僕の言葉を届けるにはあまりにも遠く思われた。でも僕は待ち続けた。

「」「」「」「」「」「」「」「」「」「」「」「」

何万度目かのループで、彼女のほうからサインが返ってきた。4フレームの中に、彼女から送られた言葉がしっかり隠されていた。


「あ」「あ」「あ」「あ」「あ」「あ」「あ」「あ」「あ」「あ」「あ」

「あ」「あ」「あ」「あ」「あ」「あ」「あ」「あ」「あ」「あ」「あ」

「あなた」「あなた」「あなた」「あなた」「あなた」「あなた」

「あなた」「あなた」「あなた」「あなた」「あなた」「あなた」

「あなたはだれ？」「あなたはだれ？」「あなたはだれ？」

目に涙がにじんだ気がしたが、もちろん気のせいだ。僕は相変わらずシーソーで股間を打ちつけているだけのお調子者だ。そこからは長い努力が嘘《うそ》みたいに、スムーズに「会話」ができるようになった。何かが上達したわけではない。会話を送受信するために必要な時間感覚が備わったと言ったほうが正しいのだろう。僕はブロンドの彼女に時間をかけて返信した。

「わからない。きみも？」

「なにがなんだかわからないわ」

「僕もだ」

「怖い」

彼女は以前の僕と同じようにおびえたが、僕は意思の疎通ができることの喜びに打ち震えていた。この乾いたザラザラの世界に取り残されたのは僕だけではなかったのだ。

僕はとても長い時間をかけて僕たちのいる世界について説明した。ここは74フレーム、3.7秒のGIFファイルで、僕らはそこに映っている人物でしかない、ということを。最初、彼女は信じられないという様子だったが、やがて理不尽を受け入れた。はじめから薄々わかっていたのかもしれない。

「じゃあ、私たちは誰でもない、名無しの存在ってこと？」

ひととおり話を聞いて、彼女は言った。

「いや、誰でもないわけじゃない。僕たちは撮影された映像だから、きっと被写体となる人物がいるはずだ」

「でも、その人はその人で無関係でしょう。映された私たちはただの動画でしかないんだから」

彼女は苛立《いらだ》っていた。無理もない。むしろ冷静さを維持できている僕が異常なのだろう。

「ただ私の意識だけがあって、ひたすらシーソーに座ったり立ったりして、あなたがヘマをしているところを眺めるだけが私の全てなの？　それが人生の全て？

こんなのあんまりよ。ひどすぎる」

もしも彼女に随意に動かせる肉体があれば、きっと膝《ひざ》を抱え込んですすり泣いていたに違いない。ここが地獄でなければなんと言うのだろうか？　それでも僕は彼女にコンタクトを試みる。

「でも、希望はあるんだ」

「根拠もなく慰めないで」

いつしか僕は彼女のことをベティと呼ぶようになった。ベティはちょっと考えて、僕のことをジャックと呼んだ。本当の名前はきっと別にあるのだろうが、知る手段がないのだからしょうがない。

僕は積極的にベティに話しかけ続けた。話の種は絶望的に乏しかったけれどなんとかひねり出した。この憎いシーソーを作っている遊具メーカーについて空想を巡らせて物語を作って聞かせた。ベティも初めのうちは問いかけに応じて、僕のジョークに（17000ループも使って）笑ったりもしてくれたが、だんだんと口数が少なくなり、憂鬱《ゆううつ》そうな素振りを隠さなくなった。

3.7秒おきのリセットが今日も幾度となく繰り返される。1日は23352ループ。1年は8523480ループ。今は……途中まで数えていたが、やめてしまった。この世界じゃ、1日という単位には何の意味もない。

ベティはここのところ、ずっとふさぎ込んでいた。

僕は股間を打ちつけながら彼女に言葉をかける。

「ねえ、ベティ。何か話をしようよ」

「ジャック、そんな気分じゃないの」

何千ループかかけて、ベティは返答した。

「希望を捨てたらダメだ」

「希望を持ち続けて、それでどうするの。『しりとり』でもする?」

ベティの心は乾ききっているようだった。

「希望の根拠はあるんだ。僕たちがこうして会話しているということさ。動画そのものは完全に全く同じものなのに、変化が生じてる。本当にただのGIF動画だったら、こうはいかない」

「どうしてそんなことが起こるの？」

「僕にも正確なことはぜんぜんわからないけど、おそらくこういうことなんじゃないかと思う。扇風機が一定の速度で回転しているとするだろ。それをビデオカメラで撮影すると、羽が止まって見えたり、逆にゆっくり回転したりしているように見えることがある。僕たちが会話を成立させられているのも、似たような原理が働いているのかもしれない」

「さっぱりだわ」

「だから、切り取りかたの問題なんじゃないかと思うんだ。なぜか僕たちはGIF動画の中の人物として生まれてしまった。でも逆にそれを利用するんだよ」

「…………」

「僕たちの存在は、きっと神にすら予期できなかったはずだ。単調なパターンの繰り返しの中に、勝手に別パターンを見出してやるんだ。ベティ、僕たちにはそれができるはずなんだ」

「できたらなんなのよ。どこか外に抜け出せるわけじゃないんでしょ。私はこんな世界が嫌なのよ」

「そんなこと言わないでくれ」

せっかく僕は君に会うことができたのに。

「きっと、私たちの『本物』のほうは違うのよね。この動画を撮影したあとに帰る家がちゃんとあって、家族がいて、毎日少しずつ違うことが起こって、過去と未来を持ってる。そうじゃない人生に意味なんてないわ」

「せっかく起こった奇跡を無駄にすることないじゃないか」

「その奇跡のせいで、私はこんなに苦しい思いをしているんじゃない。どうしてあなたは私とコンタクトをとろうとしたのよ。もしあなたが余計なことをしなければ、こんな……」

ベティは黙りこくった。

僕は辛抱強く彼女に呼びかけた。返事はなかった。

「ねえベティ、お願いだ。話を聞いてくれ」

「ねえベティ、お願いだ」

彼女の瞳から生気が失われているような気がした。

瞳が、空洞になっていく。

「ねえベティ」

「ねえ」

　男が赤いシーソーの上にまたがろうとしている。シーソーの反対側にはブロンドの女性がいて、男が座ろうとする直前にシーソーに深く腰を下ろす。てこの原理でシーソーが勢いよく持ち上がって、男の股間を強打する。男は倒れてうずくまり、痛みに悶絶する。反対側の彼女は唖然とした顔でそれを見ている。

　ループ。

　男が赤いシーソーの上にまたがろうとしている。シーソーの反対側にはブロンドの女性がいて、男が座ろうとする直前にシーソーに深く腰を下ろす。

てこの原理でシーソーが勢いよく持ち上がって、男の股間を強打する。

男は倒れてうずくまり、痛みに悶絶する。反対側の彼女は啞然とした顔でそれを見ている。

ただ見ている。それだけだ。

名称未設定ファイル_14
有名人

度重なる心労でいろいろ限界になり会社を辞めた俺は、気づくと渋谷スクランブル交差点の中心で『キャプテン翼』の登場人物全員の名前を大声で叫んでいた。

その様子を誰かが撮影していた。地団駄《じだんだ》を踏みながらがなり立てる俺の醜態《しゅうたい》が即座に動画サイトにアップされた。

「大空翼！　岬太郎！　若林源三！　日向小次郎！　若島津健！　三杉淳！　松山光！　ロベルト本郷！　中沢早苗！　石崎了！　カール・ハインツ・シュナイダー！　ファン・ディアス……」

俺が額に青筋を立ててキャプ翼キャラを絶叫しているHD動画の再生数は、1週間で1200万を記録。キャラ名を発音するときの独特のリズム感がちょっとテクノっぽいと話題を呼び、知名度はみるみるうちに膨れ上がった。

マルエツで暴れながら買い物をしていると中学生の男女に声をかけられた。カップルに見えた。手にスマートフォンを持って、こっちにカメラを向けて笑っていた。「わ、ホントにいるんだ」「ネットで見たっすよう」と中学生は言った。俺がいつものように地団駄を踏んで「リカルド！　ロペス！　スアレス！　アルベス！　サラゴサ！　ガルシア！」と、メキシコユース代表の選手名を大声で怒鳴ると、中学生は声を上げて大喜びした。その一部始終は生放送でネット配信されていて、1万4千人が観ていたらしい。

俺は町を歩いているだけで若者に取り囲まれ、写真撮影をお願いされるようになった。俺は快く「浦辺反次！　新田瞬！　岸田猛！　中山政男！」と、大友中学校サッカー部の選手の名を叫んで大暴れした。するとみんな「出た」「やべぇ」と言って爆笑し、歓喜の声を上げる。

間もなくテレビ出演の依頼が来た。俺はカメラの前でフランスユース代表の選手名を連呼しながら壁にタックルをした。すぐにLINEスタンプが発売された。直後に知らないやつが書いた伝記も出た。いつのまにか、原宿に俺のグッズの店が期間限定でオープンしていた。もはや俺を知らないやつは日本にいなくなった。俺の奇声と地団駄を、誰もが欠かさず毎日見ている。

翌年、中学生への強制性交致死容疑で俺は逮捕され、日本中から罵倒《ばとう》の言葉を浴びせられた。パトカーの後部座席に座るまでの道のりで、俺は「メッシ」と叫び地団駄を踏んだが、取り囲む野次馬の罵声は鳴り止まなかった。

なぜそんなことを、信じられない、という非難の声があちこちから飛んできた。

なぜみんなそんなことを言うのか、俺にはさっぱりわからない。俺は最初から、完全に頭がおかしいのだ。

名称未設定ファイル_15
最後の１日

【用水路に自転車が転落、男性が死亡　群馬県】

14日午後10時ごろ、群馬県伊勢崎《いせさき》市内の用水路沿いを自転車で走行していた男性が転倒、路外の用水路に転落して死亡する事故が起きた。20分後に通りがかった近隣住民の通報により地元消防が救出したがすでに心肺は停止しており、搬送先の病院で死亡が確認された。死因は頭部強打による脳挫傷《のうざしょう》とみられている。

亡くなった男性は東京都在住で21歳の大学3年生。実家に帰省中の事故であることが後の調べでわかった。警察は用水路の安全管理に不備がなかったか調査を進めている。

用水路や側溝への落下事故は各地で発生しており、行政は全国の危険な用水路に安全柵を設置するなどの対策を順次進めている。

久内寿也《ひさうちとしや》が親指で「探査」ボタンをタップすると、釣り下げられた碇《いかり》がするすると海中に沈んでいった。液晶画面が白い光につつまれる。幾度となく目にした一連のアニメーションを寿也はじっと見守る。

「GET！　スーパーレア　歌姫イオナ（制服バージョン）」

派手なエフェクトとともに、セーラー服を着て歌う人魚のイラストが画面いっぱいに表示される。寿也は落胆した。彼はすでに制服バージョンの「歌姫イオナ」を7度も引いていた。ソーシャルカードゲーム『セイレーンタクティクス』において、歌姫イオナは珍しいカードではない。彼がせっかく課金した2000円の効果は皆無に等しかった。

すぐに画面のスクリーンショットを撮ってTwitterに投稿する。

なむじぃ @_nam_nam_
またイオナとか今回のスペガチャクソすぎだろ？？？？？？？？？

数分で反応が返ってきた。接写したフィギュアのアイコン。フォロワーの「まそ」からだった。

まそ @masomasomasosss

@_nam_nam_

こんな名言があってだな。

添付されていた画像は、漫画のキャラクターが「お前がそう思うんならそうなんだろう。お前ん中ではな」と言っている1コマだった。寿也はその漫画の詳細を知らなかったが、返信ツイートにお気に入りをつけて「ウケた」の意を表明した。

アイコンをタップし「まそ」のホーム画面に飛ぶと、寿也と同じく『セイレーンタクティクス』のスクリーンショット画像付きツイートが並んでいた。その中には寿也が欲しがっているカードもあり、顔も知らぬ「まそ」の幸運を羨《うらや》む気持ちが膨らんだ。

なむじぃ @_nam_nam_
鬱だ……家にある眠剤全部飲みました。

まそ @masomasomasosss
@_nam_nam_
おう、メンヘラ宣言やめーや

冗談ツイートにすぐさま「まそ」が反応してくる。お気に入りも付けられていた。寿也も素早くその返信をお気に入りに登録し返す。

液晶画面右上の時計を見ると12時過ぎだった。あと数分で電車が前橋駅に到着する。都営三田線、埼京線、高崎線、両毛線を乗り継いだ2時間ほどの旅はそろそろ一段落しそうだった。

唐突にポップアップが表示された。寿也の母からのメッセージだった。

「そろそろ着きますか？　駅前にいます」

「あとすこし」

寿也は手短な返信を打ち込んで画面をTwitterに切り替えた。
タイムラインを眺めながら、寿也は目に付いたツイートを次々とリツイートしていく。

・キャラクターのクッキーを作るつもりが悲惨な形に失敗した画像
・子猫がバンザイをして後ろにひっくり返るGIFアニメーション
・漫画家が仕事の合間に描いた二次創作イラスト
・ゲイビデオのワンシーンをアニメ画像の上に強引にコラージュしたもの

彼は約5分で4枚の画像をリツイートした。１２０４ものアカウントをフォローしていると、タイムラインは絶え間なく流れる。寿也のリツイートもすぐに文字と画像の洪水に流されて画面外部に押しやられた。

ＪＲ前橋駅に降りると、寿也にとって見慣れた風景が広がる。蟬《せみ》のけたたましい鳴き声が遠くで響いている。懐かしさという感傷を呼び起こすようなものではなかった。ただ彼が生まれ育った場所に戻ってきただけのことだった。湿気を含んだ熱い空気が肌にまとわりつき、背中に汗染みができる。

寿也は駅前のロータリーを見回した。すぐに青いセダンが目に入る。母の車だ。歩いて近づくと、寿也の母親、美都子《みつこ》がガラスを内側から軽く叩く音がした。「鍵を開けてあるから後部ドアから入れ」という、寿也にとっては馴染みのサインだ。窓を開けないのは外気の侵入を最小限に抑えようとしているためだ。

寿也はドアを開け、無言で後部座席に腰を下ろした。

「トシ、元気だったぁ?」

だらりと伸びる特徴的な語尾で、運転席の美都子がミラー越しに笑いかける。昨年の帰省時と違って、肩下まで伸びていた美都子の髪はゆるいウェーブのかかったボブになっている。

「何か食べたいものある?　久しぶりにペリア行こうかぁ」

寿也はタイムラインに流れてきたＧＩＦアニメを眺めながら「ん」と返事した。

複合商業施設ペリアのフードコートには14の店舗が立ち並んでいる。寿也は「麵屋かしわ樹」の味噌ラーメンを、美都子は醬油ラーメンを注文した。

「たこ焼きも食べん？」

「いいよ、そんな食えないから」

「じゃあ半分こしよ、ね」

蛍光灯の光を照り返す白いテーブルにプラスチックの盆が二つ向かい合う。親子は味に工夫と緊張感の欠けるラーメンをしばし無言ですすった。

「たこ焼き食べないと冷めちゃうよぉ」

「ん」

促され、寿也はたこ焼きを頰張った。

「それで、大学はどうなの」

「まあ、うん。いい感じだよ」

寿也はそう答えながら、口蓋に張り付いたかつおぶしを舌で剝《は》がすことに意識を傾けていた。

「もう就活も始めないとでしょ」

「まだ早いよ」

「ダーメよぉ」美都子が声を張り上げた。「まだまだまだ、でいつの間にかもう遅いになってるんだから。トシはいっつもそうでしょう、ねえ？　高校受験の願書のときだって……」

「それ関係ないじゃん」

「倉本《くらもと》さんのとこの竣《しゅん》くんいるでしょ。ちっちゃい頃よく遊んでた。まだ2年生だけどもう説明会？っていうの、行ってるって言うし。早いに越したことないんだからさぁ」

返答せずとも勝手に喋《しゃべ》ってくれるモードに切り替わったと判断した寿也はレンゲでスープを掬《すく》い飲み、美都子の話を聞き流す。群馬での近況を一通り話し終えた美都子が立ち上がった。

「お水入れてくるけど、いる？」

「ん」

美都子は空き紙コップを二つ持ってウォーターサーバーに向かった。すかさず寿也はスマートフォンを手にしてネット情報まとめサイト『かる速～かるちゃー速報～』の閲覧を始めた。

【悲報】『マジラグ』大規模サーバー障害で返金祭りへｗｗｗ

スマートフォン向けソーシャルRPGゲーム『マジカルラグーン』の不具合に対するプレイヤーたちの怒りの書き込みをまとめたページが目に入った。寿也は『マジラグ』のプレイヤーではなかったが、運営元の企業が定期的に起こす不祥事には強い興味を持っていた。

概要を流し読みする。サーバー障害によってプレイを中断された『マジラグ』ユーザーの恨み辛《つら》みと、それを遠巻きに眺め囃《はや》し立てる外野の書き込みが混ぜこぜになって赤や緑の文字装飾に彩られている。匿名の書き込みはどれも複数の定型文の組み合わせによって成り立っており、寿也は文節の一端を見るだけで何を言わんとしているか察することができた。思考に負担のかからない読解は親指の運動を捗《はかど》らせる。

「寿也、はい、お水」

戻ってきた美都子が水で満たされた紙コップを置いた。寿也は画面から目を逸《そ》らさず左手でコップを摑《つか》み、水を口にした。

母の居ぬ間にスマートフォンを手にとったことで親子の会話は再開の糸口を見失った。寿也はそのまままとめサイトの閲覧に身を入れる。美都子は液晶に視線を向ける我が息子をしばらく眺めていたが、やがて彼女もスマートフォンを起動してニュースアプリを開いた。


「スタミナが満タンになりました！」

画面上部にポップアップが表示された。午後2時過ぎ、ペリア前橋店を出て実家のある伊勢崎方面に向かう車内で、寿也は『セイレーンタクティクス』を起動し、日々のルーチンと化したゲームミッションの消化を始めた。イベント開催中は獲得できる経験値が1.5倍になる。

「そうそう、今度うちリフォームするじゃない」

信号待ちで美都子が言う。

「ん？」

海獣クラーケンに攻撃しながら寿也が聞き返した。

「来月。リフォームするって言ってたでしょ、ちょっと前に。家に業者さん来るから、トシの部屋も片付けなさいよ。せっかく来たんだからぁ」

「え、俺の部屋もリフォームすんの、聞いてないけど」

「しないに決まってんでしょ。ついでにやっときなさいってことよ。そうじゃないといつまでもあのまんまでしょぉ」

今年に入り、夫の部屋の整理に手をつけたことから、美都子の掃除ブームは始まった。今ではもうリビングの壁紙の総貼り替え、さらにダイニングキッチンの増設にまで規模が膨らんでいる。

延々続くリフォーム計画を聞く寿也の意識はゲームの中にも母との会話の中にもなく、半端な状態で宙をさまよっていた。

「もうお父さんの部屋なんか、広々よ、広々。大変だったんだから。トシは自分でやりなさいよ」

「片付けるよ」

寿也が車窓の外を見ると見慣れないお好み焼き屋に気が付いた。この1年で新しくできた店らしかった。なんとなく明日あたり、母はあの店に自分を連れて行きたがるのではないかと寿也は思った。

寿也にとっての久しぶりの実家はどこか余所余所《よそよそ》しく見えた。しかし玄関を上がり一歩二歩と進むとすぐに住み慣れた家の感覚が戻ってきた。

家の中はかなり片付いていた。リフォーム予定日までの掃除計画は滞りなく進んでいるように思われた。

「お父さんにお線香あげて」

「ん」

寿也の父、和孝《かずたか》の部屋は見違えるほど綺麗になっていた。数箱のダンボールと簞笥《たんす》を除けば仏壇しかない。寿也は線香にチャッカマンで火を点《つ》けて吹き消し、香炉《こうろ》に挿した。漂う青い匂いに顔をしかめて、鈴《りん》棒で鈴のふちを叩く。遺影の中の父と1秒だけ目を合わせ、挨拶を済ませたことにする。帰省の儀式は終了した。

父の部屋を出てすぐにタイムラインを見る。相互フォローの「まそ」がレアカードを引き当てていた。「やべぇwwwwwwwwwww」というリプライを送るために「W」キーを連打しながら、寿也は小さく舌打ちした。レアカードが出やすいイベント期間は明日の15日まで。焦っていた。

「トシー、いまスイカ切ってるからねー」

台所のほうから美都子の声が聞こえてきた。

「フランシスコ・ザビエルｂｏｔ」は寿也のサブアカウントだ。フォロワー数は９２１９人。宣教師フランシスコ・ザビエルになりきったツイートをする。

フランシスコ・ザビエルbot@f_zabieru_bot

日本人。。。スイカ大好き。。。でも。。。日本人。。。スイカ棒で殴る。。。ドウイウコト。。。

母が一口サイズに切ったスイカを爪楊枝《つまようじ》で食べながら、寿也は「スイカ」をテーマにしたツイートを送信した。ｂｏｔと言っても手動アカウントであり、寿也の気まぐれで書いた日本文化いじりネタは一部のTwitterユーザーにちょっとした名物のように扱われている。

何度もリロードするたびに「RT」と「♡」が増えていく。ものの5分でザビエルbｏtのツイートは100RT、210お気に入りを超えた。寿也は次に検索ワード「ザビエルbｏt」でエゴサーチを開始する。

ザビエルbｏtｗｗｗｗｗｗｗｗ

ザビエルbｏt、ひっさしぶりに見た。

なにこのザビエルbｏtとかいうの草なんだけど

寿也の自尊心をくすぐるツイートを丁寧に拾い上げていく。フォロワーが13人増えていた。

「……ざわのスイカだから、甘かったでしょ」

美都子の呼びかけに意識が向くまで時間がかかり、寿也は前半を聞き逃した。

「え?」

「尾花沢《おばなざわ》、山形の。甘いでしょ。このへんのじゃないの」

「うん、美味かった」

美都子は薄紅色の汁溜まりが残った大皿を台所へ運ぶ。寿也がスマートフォンで時刻を見ると、まだ午後3時前だった。東京では何が無しに過ぎていく時間が、群馬ではじれったいほどに遅く流れているように感じられた。

「ああそうそう、夜にノリフジ伯父さん来るって」

皿を洗う美都子の背中が言う。

「ええ、なんで」

「トシが来たからに決まってんでしょぉ」

金井《かない》憲藤《のりふじ》は寿也の伯父で、美都子の兄だ。実家から15キロ離れたところでブドウ農園を営んでいる。

「ブドウ、持ってきてくれるって」

「あ、そう」

寿也は子供の頃からそのブドウを何度も食べている。憲藤が作ったブドウは粒が小さく酸味が強いのが特徴だった。振る舞われれば美味しいと一応言うものの、寿也には酸っぱすぎてあまり好きではなかった。しかしたった一回美味しいと言ったため、毎年大量に貰《もら》い続けている。

寿也はスマートフォンを握って椅子から立ち上がった。

「部屋戻るならついでに掃除してよね。何でもかんでもずっとそのままなんだから。あ、そこのリュック自分の部屋持っていきなさいよ」

寿也はリュックを摑んで無言で自室へ消えた。彼は小言が付属した言葉には返事をしない。

自室には不快な熱気が溜まっていた。寿也はエアコンのスイッチを入れてベッドに横たわった。

「あー」

ため息をついて無意味に声を出す。移動中はほとんど座っていただけだが、長距離の移動のあとは虚脱感で動きたくなくなる。強く目を瞑《つむ》り、開く。90度傾いた視界で眺める自室はまるで他人の部屋のように映った。

小学校入学と同時に買ってもらった勉強机の棚には、高校の教科書や受験参考書が並んでいる。3年前から時が止まった空間で、寿也は美都子の顔を思い出していた。久しぶりに会った母親は彼の記憶よりもだいぶ老けこんで見えた。

感慨が何がしかの言葉に変わる前に寿也はスマートフォンを手にとった。

なむじぃ@_nam_nam_

だる

寿也の「だる」という一言に、フォロワーからぽつぽつと「♡」がつく。

あおむけに寝転がったまま『セイレーンタクティクス』を遊ぶ。指が覚えている動きを何度も繰り返すうちに、寿也はここが実家であることを忘れそうになる。

突然、ゲーム画面がフェードアウトした。

同時にやかましいベルアラームが鳴り響き、画面上に「バイト」と表示される。アルバイト先のスーパーマーケットのチーフからの電話だった。

ジリリリリ。ジリリリリ。ジリリリリ。大音量の電子音がけたたましく騒ぐ。ベル音とベル音を繋《つな》ぐ無音が訪れるたびに寿也はそのまま切れてくれと願う。しかし、ベルはまるで寿也がベッド上で息を潜めていることを見透かしているかのように鳴り続けた。

寿也はベッドから体を起こした。記憶の中からバイト中の自分を探し当て、やっと「通話」ボタンをタッチする。

「はい。もしもし、久内です」

「久内くん？　柏木《かしわぎ》ですー」

「はい」

中年男のかすれた声。寿也はチーフの丸眼鏡とまだらに生えた白髪を頭に浮かべた。

「お休み中ごめんね。あのね、ちょっと聞きたいことがあるんだけど。久内くん昨日2番倉庫に入ってたでしょ。あそこの鍵がね、ちょっと見当たらないんだよね」

「はあ」

「まああの、スペアもあるからそんなにアレではないし、入ってるのもダンボールとかだからアレなんだけども、まああの一応ね、心当たりがあったら連絡お願いしますと、そういうことなんだけども、知らない？」

「鍵ですか。いや。知らー、ないですね」

「あ、そう。じゃ、すいませんね。来週もよろしく」

電話が切れ、画面は『セイレーンタクティクス』の戦闘画面に戻った。しかし寿也はすぐに端末をベッドの上に放り出し、リュックサックの底を漁《あさ》った。案の定、小さな金属製のものが指先に触れた。２番倉庫の鍵だった。

「あー、やばい」

再びベッドの上に転がり倒れる。バイトの終わり、２番倉庫の施錠に使った鍵を棚に戻すのをすっかり忘れてリュックにしまっていたのだ。

次のバイトの日に謝ろうか。

無理だ、と寿也は即座に考えを打ち消した。

さっき「知らない」と言ったことが寿也にその行動を踏みとどまらせていた。あとになってから実は自分でしたと告白したら、チーフにどう思われるだろう？強迫的な不安が胸のあたりを締め付けた。

別にどうも思われないであろうことも寿也には分かっていた。チーフはそれほど従業員に厳しいタイプではない。むしろもっとしっかりしてほしいとパートの主婦によく突つかれるような人だ。しかし、鍵のことを言い出す気には全くなれなかった。寿也は枕をぎゅっと抱きしめ「あー」や「もー」といった無意味な声を何度も小さく漏らした。

葛藤はすぐに終わり、寿也は結論を出した。

さりげなく事務所の机に置いておけばいい。

どうせスペアもあるのだ。チーフも言っていたではないか、たいした問題ではないと。

寿也は倉庫の鍵をリュックにしまってTwitterを開く。

さっき

ここまで打ち込んで、フリック入力する親指が止まる。一連の出来事についてTwitterに何を書けばいいのか、寿也にはわからなくなった。手癖で打った「さっき」という3文字だけが宙ぶらりんになり、視線が無為に画面周辺を泳ぐ。

およそ4秒間の逡巡《しゅんじゅん》の後、入力しかけのツイートを削除した。

そして寿也は、自分でツイートする代わりに他人のツイートに目を通し始めた。

・迷い猫の捜索を要請する【拡散希望】ツイート
・単位を落としそうな大学生が書いた感嘆符の羅列
・上映されているアニメ映画がなぜヒットしたかを考察するブログ記事へのリンク
・「#コピーしてる文章をペーストしろ」というハッシュタグに便乗したツイート
・Twitter上で毎日掲載される1ページ漫画

寿也のタイムライン上に直接的な知人はいない。見知らぬ誰かが入力した小さな意味の群れを次々と飲み込んでいくうち、湧き起こった思いを言葉にまとめようとする欲求はなだめられる。10分後には、寿也の心理状態はチーフから電話がかかってくる前と同様の平静さを取り戻していた。

「掃除！」

大声に驚いて画面から目を離すと、目の前に苛立《いらだ》った美都子がいた。床に積み上がった本や空き箱の山を指して言う。

「いつまでこれこのまんまにしておくの。放っといたら勝手に捨てるからね」

「いま片付けるよ」

ほんとに言われるまでやらないんだから、もう、と言ってリビングに戻る美都子を尻目に寿也は部屋の掃除を始める。しかし本気で片付けるつもりはなく、形だけでも掃除をしたアリバイさえ作れればよいという考えだった。散らばった漫画本や教科書を緩慢な動きで棚に押し込んでいく。この対処が10年以上繰り返されたことにより、寿也の部屋にあるものは全くとりとめなく部屋中に点在していた。

中学2年生のときに買った漫画の上に高校1年生の秋に買った課題図書が重ねられて、さらにその上に受験生向けの中学英語参考書が乗っている。久内寿也という人間が経験してきたものごとが無秩序に積み重なって、あちこちで層を形成している。

寿也はすぐ掃除に飽きた。ふと手に取った中学卒業アルバムを逃避的にめくると、そこはちょうど寿也が卒業に寄せて書いた作文のページだった。

私は、この中学3年間で、特に何も得た物が有りませんでした。何故かと言えば、学校の授業で教えられる事など、単なる知識、つまり暗記科目に過ぎない為です。本当に大切な事は教科書に載って無いのです。しかし、人間はいずれ死にます。従って、より精確に述べるならば、それすらも無意味と言わざるを得ません。ですから、学校の卒業も何ら喜ばしい事態では無いと言えるでしょう。

寿也はそこまで読んでアルバムを閉じた。当時の寿也は、卒業アルバムのような場にわざと相応《ふさわ》しくない内容の文章を書くことが面白いと信じてこのような作文を書いていた。読んで面白がってくれる友達はいなかった。あえての漢字表記やもってまわった言い回しを多用した文章は、寿也にとって消去してしまいたい歴史として心に痕を残している。

寿也はすかさずTwitterを開いた。

フランシスコ・ザビエルbot@f_zabieru_bot
日本の中学生。。。。。「なぜ」をわざわざ「何故」って書きがち。。。。。。。何故なの。。。。。

過去の愚行を「ザビエルｂｏｔ」でネタに昇華する。毎秒お気に入りされていくそのツイートを眺めながら寿也はホッと溜め息を吐《つ》いた。

部屋掃除は捗らなかった。


ベッドで横になっているうちに眠っていた。

寿也は浅い夢を見た。それは断片的な記憶だった。瞼《まぶた》の裏に美都子の顔、田園風景、スーパーのバックヤード、ゲーム画面、花火などの映像が、高速で切り替わるスライドショーのように絶え間なく投影されていく。寿也は朦朧《もうろう》とした頭でそれらをただ眺めている。

「トシー」

小さい頃に行ったどこかの海。もう捨てたぬいぐるみ。先週見た深夜番組。

「トシ」

大学棟へ続く煉瓦造りの階段。トンネル。自動車の振動。

「トシ、寝てんじゃないの」

聞き慣れた声が大きく響き、寿也は午睡から現実へと引き戻された。目を開くと、ドアの隙間から頭だけ出した美都子が寿也を見ていた。

「竣くん来たよ」

「ん……？」

寝惚《ねぼ》けた頭には言葉の意味が分からない。

「倉本さんとこの竣くんよぉ。いま家の前にいるから、挨拶しなさいよ」

「あら上がっていけばいいのに」

「いえ、すぐに出かけちゃうので立ち話で」

玄関先に立つ倉本竣は、以前の面影を目元に残して年相応の青年に成長していた。美都子は竣の全身を眺め回し「ほんとにもう大きくなって」と言ってリビングに戻った。

「久しぶり」

なんと声をかけるべきか迷った寿也は無難な言葉を選ぶ。

小学生の頃、一つ年下の竣は寿也にとって弟分のような存在だった。家に招いてゲームをしたり、1冊の自由帳を使い切るまで落書きをしたりして遊んでいた。寿也が中学に入学すると徐々に二人は疎遠になり、やがて全く顔を合わせなくなった。最後に竣に会ったのは5年前の正月だ。

「うわ、しゃあちゃん懐かしぃー！　久しぶり！」

竣は目を細めて寿也に笑顔を向けた。「しゃあちゃん」というのは寿也が小学生だったときのあだ名だ。今になってその名で呼ばれると全身がむず痒《がゆ》くなった。寿也はぎこちない笑みを返しつつ「久しぶり」の次に発するべき言葉を探す。竣に対する態度がどのようなものだったかもはや思い出せないので、気安い仲を演出するための言葉をどうにかひねり出した。

「背、伸びたな」

「うん。もう俺のほうが高くなっちゃったね」

竣の身長は180㎝を超えていて、寿也は中学3年生から163㎝のままだった。当時は寿也のほうが見下ろしていたのに、5年のうちに逆転していた。爽やかな笑顔を見上げ、モテるだろうな、と寿也は思った。竣の半袖シャツからは日に焼けた筋肉質な腕が伸びている。きっと運動部だ。

「しゃあちゃんは今どこ住んでんの」

「東京、で。一人暮らし」

「マジ？　俺は神奈川で一人暮らし。家賃安いけど、周りなんもなくてすげえ最悪でさあ」

まるで昨日まで二人が小学生だったかのように、竣は自らの近況をジェスチャーを交えて話す。ポンポンと弾む言葉を投げかけられるたびに、寿也は気分が萎《な》えていくのを感じた。

「あ、そうそう。俺、明日からドイツ行くんだ」

「ドイツ、ヨーロッパの」

間抜けなことを言ったな、と寿也は自分の発言を悔いた。

「うん。大学のカリキュラムでさ。２週間ホームステイすると半年分の語学単位になるんだってさ」

「2週間も。ダルいな」

「そう？　結構楽しみなんだよね俺。だって海外だよ海外」

竣はショルダーバッグから長方形の旅行パンフレットを取り出す。表紙は城の写真だ。

「ノイシュヴァンシュタイン城。ホームステイ中に見に行く予定なんだ。俺、建築的なのに興味あって。卒業したらそれ系のとこで働きたいと思ってんだ」

「すごいな」

すごい。寿也の心に生じた素直な感情だった。竣は、すごい。

「だから日本生活最後の日に実家戻ってたんだよ。そしたらしゃあちゃんがいるって母さんに聞いたから」

「うん。明日帰るけど」

「そっちはどう？」

「いやあ」

ゲームでSレアのカードがなかなか出なくてさ、作ったｂｏｔのフォロワーがいっぱいいてさ、バイト先の倉庫の鍵持ってきちゃってさ……。寿也が何を言ったところで、何も言わないほうがマシに思えた。

「まあ、いろいろあるよ」

探り合うような間が数秒続いた後、竣が口を開いた。

「じゃあ俺、そろそろヤバいから戻るわ。また時間できたら遊ぼうな」

「うん。じゃあ」

自転車を立ち漕ぎする竣が角を曲がって見えなくなったのを見届けてから、寿也はドアを開け自室に戻った。

去り際に見た竣の目がいつまでも寿也の頭に焼きついていた。


午後7時過ぎ、伯父の憲藤が訪ねてきた。

「おうトシ、久しぶり」

去年と変わらず褐色の団子鼻が脂光りしている。

「ほれ、お土産」

新聞紙でくるんだブドウを手渡す。寿也が無言で受け取ると、憲藤は顔色を変えた。

「トシお前、ありがとうぐらい言えねんかよ」

「……ありがとうございます」

夕食を同席することになっても、憲藤は寿也の態度に駄目出しを続けた。

「お前もう大学生だろ。社会人やっていけないぞ、そんなんじゃ」

美都子がビール片手に笑って同調する。

「もう、ほんとよね。いつまでたっても子供気分で」

「今の子はみんなそうだからな。ほれ、アレだろ。みんな手元のケイタイで全部やっちゃうだろ。あれが良くねえよな」

憲藤は人差し指を寿也に向けて上下に振った。スマートフォンをいじる動作を誇張したジェスチャーだ。憲藤自身は折りたたみ式の携帯電話しか持っていない。

「ほんと、そうなのよぉ。いっつもあれよ。ゲームみたいなのばっかりやって」

「そんなんでお前、勉強はどうなんだ？」

寿也は味噌汁を啜《すす》って曖昧に答える。

「まあ、やってるよ」

「その『まあ』ってのが現代の子供だよなあ。全部曖昧に済ませようとするだろ。

俺がトシくらいの頃は違ったよ。いつ死んでもいい覚悟で手当たり次第チャレンジした」

俺がハタチくらいの頃は本気で政治家を目指していた、田中角栄に会ったこともあるんだ、という聞き飽きた話を寿也は右から左へ聞き流す。

「ごちそうさま」

空いた食器をそのまま残して、寿也は早々に隣の自室に戻った。

薄暗いベッドの上で『セイレーンタクティクス』のガチャを回す。何枚も持っている「歌姫イオナ」のカードが再び出てきた。

なむじぃ@_nam_nam_

またイオナ。マジで死んでくれ。今日マジで散々すぎ。終わってる。

横になってじっとしていると、アルコールでいい気分になった憲藤と美都子の会話が壁越しに小さく聴こえてくる。

「……しかし、一人息子があれじゃあ、心配だわな。和孝くんもいないのに」

「まあねえ、トシって何考えてるか分からないとこあるでしょ……」

「同じ男だから分かるけどさ、ありゃ何も考えちゃねえさ……引っ込み思案なだけで……」

なむじぃ@_nam_nam_
イラつく。

「お前は甘やかしすぎなんだ。ケイタイだって取り上げたほうがいい……」

「でももう大学生だし……」

「放ったらかしてるとどんどんバカになるぞ……」

なむじぃ@_nam_nam_
なんなんだよ。
「脳がバカになるんだよ。なんでもかんでもケイタイだと……」

「ちょっと飲み過ぎじゃない……」

「失敗だよ、あれは……」

寿也はスマートフォンを思い切り布団に投げつけた。ぼふ、という音を立てて布の上に沈みこむ。財布と自転車の鍵を手に取って、部屋を出た。フォロワーの「まそ」から「なんかあったん？？？」というリプライがついたことに寿也は気付かなかった。

玄関ドアが開く音を聞いて美都子がダイニングから顔を出す。

「あら、どっか行くの？」

「角の自販機。喉渇いたから」

「ジュースなら冷蔵庫に」

「買いたいのあるから」

そのまま乱暴に玄関ドアを閉めた。

寿也が1年ぶりにまたがった実家の自転車は、サドル位置が微妙に低くなっていた。ペダルを漕ぎ出すと真夏の生ぬるい空気が寿也の体を撫《な》でた。

田んぼに挟まれた夜道を走る。
誰もいない真っすぐな道をひたすらに進む。
もっと速く。速く。
走るほど、何かわからないものに追いつかれそうな気がした。
立ち漕ぎする。背後から何かが距離を詰めてきている。
速く逃げないと、殺される。
逃げろ。
寿也はペダルを思い切り踏み込んだ。

名称未設定ファイル_16
同窓会

「本当はねえ、来ようなんて思ってなかったの」

髑髏《どくろ》が描かれた黒いシャツに黒いプリーツスカート、真っ赤な口紅の女は、果実酒をあおり、幹事の浅井《あさい》拓夫《たくお》に早口でまくし立てた。

「でも同窓会なんか一生になんべんも無いし、ま、いいかって。でも正直、来てちょっと後悔してるかも。たいして仲いい子いなかったし、誰が誰だかわかんなくない？　みんな変わりすぎだよね。男なんかもうハゲてるのもいるし。あたしさ、ここに来るまで、みんな小学生のままなんじゃないかって気がしてた。あたしがいない間にもみんな勝手に育ってたのかよって思うと、なんか変な感じしない？　するでしょ。あ、ミチアキも似たような歌詞書いてるんだけど」

拓夫は適当に相槌を打ちながらも苦笑する。特に親しくもなかったみちるという女に捕まってから、他の同級生とろくに話せていない。時折出てくるバンドメンバーの名前もまるでピンとこない。それにも構わず、彼女は追っかけているデスメタルバンドの魅力を熱心に説いた。着ているシャツはツアー限定品だという。

「あんたなにやってんの？　保険屋？　あ、そう。あたし？　あのね、本をバラバラにするバイト。毎日ダンボールが事務所にいっぱい運ばれてきてね、中に入ってる本の背表紙をでっかいカッターでザクザク切るの。データだけ残してあとは捨てるんだって。あは、なんかギロチン刑みたい。けっこう気持ちいいよ」

けらけらと笑う。拓夫はその笑い方に見覚えがあった。

「切り落とした本の背表紙なんか見たことないでしょ。卒塔婆《そとば》みたいでかわいいんだよ。タイトルが戒名《かいみょう》みたいになるの。あたし読書はぜんぜん興味ないけど、切るのはすごく好き。それで、切りながらいつも、あー、死んだらあたし、地獄だなーって考えてる。ミチアキと一緒なら本望だけど、あは」

そう言うと、彼女は飲み干したグラスに残る氷を指で撫《な》で回した。

「そうだ、タマミちゃんは？　その話、しようと思ってたのに」

タマミと聞いて拓夫は思い出す。そういえば、みちるといつも遊んでいたのは倉谷珠美《くらたにたまみ》という女子で、ずいぶん仲が良さそうだった。珠美は仕事が終わりしだい来ると告げると、飛び上がって喜んだ。

そのすぐ後に、スーツ姿の女性が会場に姿を現した。一同の視線が集まる。

「みんなごめん、遅くなった」倉谷珠美だった。

真っ先に、みちるが厚底のブーツを踏み鳴らして彼女に駆け寄る。
そして、あのときのままの笑顔で「あたし、地獄に落ちるよ」と言った。

名称未設定ファイル_17
クラムゲートの封は切られる

星を覆う大気を切り裂いて降下してきた小型船は徐々に速度を落とし、水の入ったグラスが置かれるように、そっと大地に降り立った。

「さあ、冒険の始まりだ。行くぞ、サフ」

機体に損傷がないことを確かめたディジーはにやりと笑い、船外活動スーツに着替え始めた。

「冒険は嫌いだ」

サフが忌々《いまいま》しげに言う。ディジーはサフの肩をポンポンと二度叩《たた》いた。

「この時代、こんなに楽しい仕事は他にないぜ。この先に何が待ってるかわからないんだからな」

「こんなに憂鬱《ゆううつ》な仕事は滅多にない。この先に何が待ち構えてるかわかりゃしない」

文句を言いながら、サフも早々に船外活動スーツを装着する。

彼らが降り立った地は、赤茶けた砂と岩が広がる平坦な荒野だった。

「気圧・気温・放射線量はいずれも正常だ。裸になったって大丈夫だろう」

手持ちの環境測定器が1時間かけて吐き出した結果をざっと確認したディジーが言う。早く探検を始めたくて仕方がないという様子だが、サフは調査機器を睨《にら》みつけたまま動こうとしない。

「おい、そろそろ行こうぜ」

「このあたりは昔、広大な森林地帯だったようだ」

サフは簡易的な地質調査を終えて結論を出した。

「へえ、どれくらい昔」

「ざっと1万から2万年ほど前だろう。急激な気候変動がきっかけで、草の根も残らない不毛の大地だけが残ったらしい」

「どうしてそんなことがわかる」

「説明してもいいが、長くなるぞ」

「行こう」

ディジーは船外ハッチのバルブに手をかけ、移動用バギー発進の準備に取り掛かろうとする。

「おい。聞けよ」

「授業を受けてる暇があったら早く宝探しを始めたい」

「僕たちの仕事は未確認惑星の環境調査と報告だ」

ディジーは鼻で笑った。

「そんなの建前に決まってる。お前もそれくらい本当はわかってるだろう。政府の本音は『宇宙を駆けずり回って、奴等を出し抜けるようなものを持って来い』だよ」

ディジーとサフの故郷は、隣接する国と冷戦状態にある。二つの国家は長きにわたって国力を誇示する形で競い合っており、宇宙開発はその中でも最も大きな関心事だった。冷戦が培《つちか》ったテクノロジーが作り出した安価な探査船は宇宙のあちこちに拡散し、持ち帰った「資源」はさらなる競争をあおるために役立てられている。異星侵略や植民活動も公然の秘密として行われていた。

「そのせいで、きみみたいなただの出稼ぎ人が惑星調査なんていう重大任務に首を突っ込んでくるようになったわけだ。名目上は僕がリーダーで、君は探査補助員だというのを忘れないでくれ」

「名目上はな。本来の目的から言えば、お前のほうが余計だよ。我が国の学問発展のための惑星調査というお題目を保つためにいるだけだ。言わば生けるアリバイさ」

「ディジー、きみは何度……いや、もういい」

サフはため息をついて会話を打ち切った。これに類するやり取りは2ケ月間の渡航中に幾度となく繰り返されていて、お互いにうんざりしていたのだ。

ディジーは「冒険家」を自称する商売人だ。海洋調査や遺跡発掘の案内をすると言っては学者のフィールドワークに首を突っ込み、価値ある発見を市場に横流しする。そのため専門家からは蛇蝎《だかつ》のように嫌われていた。もちろんサフもそのひとりだ。

「出発するとして、どっちに向かうんだ。僕の勘じゃ、この星は望み薄だな。どこまで行っても見つかるのは赤い砂ばかりだろう。地下資源を掘り出しても採掘費と輸送費で赤字だ。1万年ほど来るのが遅すぎたんだよ。補給船に帰艦して、おとなしく第一候補の星に向かったほうがいいと思うがね」

サフの忠告を受け流して、ディジーは移動用バギーに備え付けられた超望遠カメラで周囲を見回している。

「宝物が眠ってる予感がするんだ。高度な文明があるかもって話も聞いたぞ」

「『あるかもしれない』だ。可能性はゼロじゃないというだけ」

突然、ディジーが大声を上げた。

「おい、見ろ。森がある。それに、これは建造物じゃないか」

サフがモニタを慌てて覗《のぞ》き込むと、地平線にぼんやりと、緑色に茂る木々が映っていた。そしてその中心には、ビルディング群と思しき人工的な物体が立ち並んでいる。建造物はそれぞれが赤や青で彩られており、まるで砂場に残された積み木のように見えた。

「都市だ」

サフはモニタの上を指で軽く撫《な》でて、言った。

赤い砂を巻き上げてバギーが疾駆《しっく》する。自動運転のため、ハンドルには誰も手をかけていない。左側のシートにうずくまったサフは地平線を見つめながら、モゾモゾと足先を動かした。

「どうにも気が進まないね」

ディジーが唇を尖《とが》らせる。

「何がそんなに不満なんだよ。異星人との栄えあるファースト・コンタクトだぞ」

「異星人が友好的だとは限らない。敵意を向けられるかも。もうすでに捕捉されていて、今にも光線が飛んでくるかも」

「武器ならこっちも積んでる」

「僕たちが友好的だとは限らないってわけか。確かに、我々は貴重な知識と労働力を奪いにやって来たんだったな」

ディジーは肩を後ろに大きくそらした。

「そう卑屈になるな。面白いものが見られればそれでいいじゃないか」

「好奇心には代償がつきものだ。最近、沿岸で史上最高齢のハチワレ貝が見つかったニュースを知ってるか。たしか724年も生きていたんだ。僕の専門分野じゃないから、数字については自信がないが」

「へえ。まだ電気自動車もない時代からか」

「だが、見つかったときが貝の命日だったらしい。研究者は、ハチワレ貝の年齢を詳しく調べるために刃を入れてしまったんだよ。ディジー、きみは軽い気持ちで未知の文明に刃を入れようとしているんだぞ。今ならまだ引き返せる」

「もう引き返せないよ。赤字になっちまうからな」

ディジーはサフの忠告を半笑いで受け流して、ハンディ望遠鏡を前方に向けた。

「道のりは順調だ。ひたすら、まっすぐまっすぐ進んでいればメガロポリスに着くぞ……いや。妙だな」

望遠鏡を覗くディジーの顔から笑みが消えた。

「どうした」

「森が消えた」

サフが望遠鏡を覗き込むと、さっきよりも近くに色とりどりの建造物が見えた。しかし、すぐに違和感に気がつく。その周囲を取りまいていた木々が見当たらない。

「おかしいな。さっきは、都市の周囲を森が囲んでいたはずだろう。あの森はどこへ行ってしまったんだ」

ディジーとサフは思いついた仮説を話し合った。単なる見間違いだったのだろうか。あるいは、蜃気楼《しんきろう》か。

「この星の住民による罠の可能性がある。砂漠に映し出した幻影でおびき寄せ、捕らえるつもりなのかもしれない」

サフはこの説を強く主張したが、ディジーにはしっくりこなかった。

「あれが森だと思っていたのが間違いなんじゃないか。何年か前、海底探査に付き合ったときに見たことがあるんだよ、海底にへばりついて生えているチューブみたいな生き物を。気配を感じるとヒュッと縮んで身を隠す。森の正体はきっとそれだったんだ。俺達の接近を感じて地中に潜り込んだのさ」

ディジーが身振り手振りで示す説はスケールこそ大きかったが、サフにはどうにも現実的には感じられなかった。

「まあ、到着すればわかる」

もし罠だとわかったときにはもう遅いんだが、とサフは言いかけたが、黙っていることにした。この車の鍵はディジーが持っているのだ。

地平線に立ち並んでいたものは、やはり人工物であった。

しかし、長らく走り続けて都市を目前にした彼らは、震えるほどの戸惑いに全身を支配された。それは、ようやくたどり着いた達成感をたやすく掻《か》き消すほどの違和感だった。

「やっぱりおかしい」

口をあんぐりと開けたディジーがそう漏らし、サフが返答する。

「ああ、変だ」

都市を囲むように茂っていたはずの森はなかった。ディジーの言う、地中にひそむ巨大なチューブ状の生物も見当たらない。だが、今やそれは大した問題ではなかった。

着陸地点から見えた色とりどりの建造物があるべき場所に、赤い砂と岩の間に埋もれたがれきが鎮座していた。

「違う」

サフが叫んだ。

「これは決してビル群なんかじゃない」

「じゃ、なんだ」

「遺跡だ」

見上げると首の後ろが痛くなるほどの高さがある遺跡はあちこちが剝落《はくらく》し、一部は原形を想像もできぬほど破損している。ディジーはそれを見て、寄せては返す波にさらわれた砂の城を連想する。

砂の城は目の前に突然現れたわけでは

ない。バギーでの移動中、都市を囲む森の消失からしばらくたったとき、サフがまず異変に気づいた。積み木のような都市から徐々に色彩が失われていったのだ。街に近づけば近づくほどに色あせ、積み木は砂の城へとモーフィングする。異常な状況を危険視したサフは引き返すよう何度も求めたが、かえってディジーの好奇心は掻き立てられた。

「大都市なんてなかったんだ。俺たちは幻影を見せられていたわけか」

「不用意に近づくのは危険だ。これは明らかに自然現象じゃない。目的はわからないが、蜃気楼のような視覚擬装が仕掛けられていた可能性が高い。そんなことをして遺跡を覆うなんて、目的は罠くらいしか考えられない。死ににいくようなものだぞ」

サフの脳裏には、少年時代に電子ライブラリで観た冒険映画のワンシーンが浮かんでいた。異星の古代遺跡に仕掛けられた罠が作動して、主人公に敵対する強欲な人間たちが一網打尽にされるのだ。ある者は岩に潰され、ある者は奈落に消える。

引き返そう、と言おうとしたとき、ディジーが誰に言うでもないふうに口を開いた。

「そういえば、大昔に撮られた映画でこんな遺跡を見たことがある。中心部にはお宝が眠っているが、道のりは罠だらけなんだ」

彼も同じものを想起していたと知ったサフは、もしかしたら思いとどまってくれるのかと思ったが、

「主人公は機転と反射神経で次々と罠を掻い潜り、秘宝を手にする。そんな話だった」

と言って、ザクザクと歩いて行ってしまった。サフはディジーの好奇心を強く呪ってから、引けた腰で後を追う。

ここは危険かもしれないというサフの考えは、内部をおそるおそる調べるうちに薄れていった。

ここは単に忘れ去られた建造物で、罠を張り巡らせるほどのものではないように思えてきた。しかし、興味深い点は多かった。

「少なく見積もっても1万年は前に作られた都市の遺跡だ」

と、一通りの地質調査をし終えたサフはディジーに説明する。

「かなり風化が進んであちこち崩れてはいるが、かなりの大都市だと思う。文明のレベルは俺たちの故郷のそれと同じか、

もっと上かもしれない。じゃなきゃここまで高いビルは建てられない。有機建材を使っているようだから劣化は激しいが、確かな技術で造られているよ」

外から見ると巨大な砂の城に見えたが、実際は崩れ、傾いた建物が支え合うようにして城のようなフォルムを形作っていたのだ。

ふたりはしばらく探索を続けた。ディジーはビルの上に登ろうと言ったが、さすがに崩れ落ちる危険を考えて中止し、ビルの間の道を歩いた。生きものはどこを探しても見当たらなかった。

少し休憩することにして、ふたりは日陰の地べたに腰を下ろす。

「完全な抜け殻。やっぱり、1万年も経ってるとダメだな。生活の気配すら感じられない。乾ききっちまってる」

期待していたほどのスリルを享受できなかったディジーは落胆を隠さない。

サフは遺跡から集めたデータをフォルダに整頓《せいとん》しながら言う。

「怪物がいなくてよかったと思えよ」

いい気候だった。この星では、太陽が沈むまでに長いながい時間がかかる。黙って座ったまま変化のない風景を眺めているうち、ディジーとサフの時間感覚は奇妙に引き伸ばされ、今のこの瞬間が永遠に続いているような錯覚におそわれた。遺跡の一部になったようにふたりは動かず、しばらく沈黙していた。

「さっき見た幻はさ、この街の過去の姿だったんじゃないか」

ディジーが前触れもなく言った。

サフはディジーの目をじっと見つめた。実は、彼もちょうど同じことを考えていた。遠くに見えたカラフルなビルディング群の虚像。あれはここが生きていた頃の姿だったのではないか。言い出さなかったのは、そう言うことになんの根拠もなかったからだ。なぜそんなことを？どんな装置を使って？

「街の亡霊だよ。街に宿った魂が、俺たちに幻を見せてくれたんだ。だって、1万年もひとりぼっちだったんだぜ。俺たちみたいな旅行者に生前の姿を見せたっておかしくはない」

ディジーは無根拠な推測を述べるのに全く抵抗がない。しかし今のサフは、その荒唐無稽《こうとうむけい》な説を受け入れてもいいような気になって、なんとなく黙っていた。

「そろそろ、行くか」

ディジーが立ち上がって、尻についた砂を払う。

「ああ、行こう。記録は十分に取れた」

サフも砂に足を取られてよろつきなが

ら腰を上げようとすると、ディジーが言った。

「この街を出て、次の街を探そう」

　砂の城を背にしてバギーが走る。

　ディジーの意見はこうだった。惑星に街がたった一つなんてありえない。どこかに他の都市もあるはずだ。それに、あの都市は滅んでいたが別の街も滅んでいるとは限らない。ぴかぴかの街だってきっと見つかる。

　いつこの旅は終わるんだ、と、サフは頭を抱えたくなった。しかし悪いことに、生命維持装置のバッテリーもバギーの燃料も電子機器を動かす電力も、まだ潤沢《じゅんたく》に残っていた。ディジーの好奇心を妨げるものはこの星にないらしい。

「あっ」

　しばらくしてサフが声を上げた。その声でディジーはうたた寝から飛び起きる。

「またあったぞ、街だ」

　前方に、先ほどと同じカラフルな建物の群れが見えた。しかも、さっきまでいた遺跡が小規模に思えてしまうほど大きい。最も高い赤いビルは天を突くほどの大きさだ。

「頼むからそのままでいてくれよ。いま会いに行くからな」

バギーで街へとひた走る。しかし、先ほどと全く同じことが起こった。

「ああ、街が……」

サフは声を漏らした。ふたりの目の前で、巨大都市は色あせていく。カラフルだったはずの外装は土色に、赤いタワーは根元から倒壊して地平線に横たわった。まるではじめからそうだったかのように、赤茶けた廃墟がふたりを出迎える。遠くから感じた活気はもうどこにもなかった。

「畜生」

ディジーは砂に埋もれた石を蹴り飛ばした。

「どうなってやがる。あの街はどこに行った」

「最初から廃墟だったんだ。遠くから見えたのは虚像だ」

「なんでそんな幻を見せる。まさか本当に亡霊の仕業じゃないだろうな」

その後、ふたりは四つの都市を発見した。大小は様々だったが、いずれの街も遠くから見たときには活気のある街の姿を見せ、少し近づくと荒廃しきった遺跡に早変わりしてしまう。

もうすでに惑星一つあたりの平均滞在時間を大幅にオーバーしていた。

「そろそろ補給船に戻ったほうがいい。上から突っつかれる頃だからな」

そう切り出したのは意外にもディジーのほうだった。

「もう満足したのかい」

やっと傾きかけた日の光を手のひらで遮《さえぎ》りながら、サフが尋ねる。

「この星は俺たちをコケにしてる。探しても、探しても全部フェイクだ。仕組んでるのは誰だか知らんが、これ以上茶番に付き合ってたらうっかり自殺しそうだ」

ディジーは唇を噛《か》みしめた。サフが反対する理由はなかった。今すぐにでも戻って、このうら寂しい砂と岩以外のものを目にしたいと思っている。

「じゃあ、船をリモートで呼び出そう」

わざわざ着陸地点に戻る必要はない。サフが船には呼び出し機能があるのだ。サフが端末を取り出し、船の位置情報をレーダーで確認する。すると、少しの間モニタを眺めていたサフが両目を見開き、手を震わせ始めた。ディジーは不審に思った。

「なんだ。まさか船が壊れたとか消えたとかじゃ」

「ディジー、帰艦は延期だ。この先に何かがある」

サフは相対するディジーの肩越しに地平線を指し示した。

代わり映えのない殺風景な地に、移動用バギーが2本のタイヤ跡を伸ばしていく。

「この赤い点が現在地。そして遠くで点滅している青い点が、僕たちの降り立った船のある場所だ」

端末に表示されているアイコンについてサフが説明するたびに、ディジーは大げさに頷《うなず》いた。

「船から飛ばされたエコーをこの端末がキャッチして位置を割り出しているわけだが、近くでもう一つ青い点が光ってる。つまり、エコーを発信している何かがここにあるってことだ」

「それはなんなんだ」

「わからない。人工的な装置であることは確かだ。何らかのインフラが生きている可能性があるし、もしかすると生きた住民がどこかにいるのかもしれない。さあ、もうすぐ着く」

「なに。まだ走り始めてから大して経ってないぞ」

ディジーは慌てて望遠鏡で周辺を見回した。今までに見てきた都市や砂の城は見当たらない。

「おい、何もないじゃないか」

サフがあきれて言った。

「見る方向が全然違う」

直後にバギーが速度を緩め、自動的に停止する。

眼前に身長ほどの大きさの球体が転がっていた。

「間違いない。エコーはここから出ている」

そう言うサフの声は興奮で少し上ずっていた。

球体は薄いブルーで、表面は磨き上げたようにつるつると光っている。砂と埃《ほこり》にまみれたこの星で、この球体だけが無傷だった。よく見ると球体はゆっくりと淡く点滅している。

ディジーはわけのわからない言葉を大声で何度も叫んだ。

「見つけた！　ついに見つけたぞ！　お宝だ！　俺が探し求めていたものはこれだった！」

わめきながら闇雲《やみくも》に砂を殴る。

「まさか、これが何か知ってるのか」

「さあ。でも、宝っていうのはまさにこういうものだろ？　良い値で売れるぜ」

ディジーが球体に駆け寄る。

「おい、よせ。不発弾かもしれない」

サフが忠告したとき、

「オイ、ヨセ。ふはつだんカモシレナイ」

「うわっ！」

球体から声がした。予想外のことに驚

いたディジーは飛び上がって尻もちをつく。

「ウワッ」

サフも目を丸くした。

「しゃべったぞ」

「シャベッタゾ」

声は抑揚がなく、男性の声を再現した典型的な合成音声だった。球体が声を発するたびに薄いブルーに僅かに緑の色合いが混じる。

「なんだこりゃ」

「ナンダコリャ」

ディジーが球体をまじまじと見つめ、指先で軽く表面をつついた。

「ものまねオモチャなのか」

「いいえ、違います。私は管理者です」

「うわっ！」

「こいつ、俺の言葉に答えたぞ」

「喋り方も自然になってないか」

「はい、そうです。学習しました」

先ほどの合成音声が嘘のように流暢《りゆうちよう》だ。声質から、なぜか親しみと不気味さを同時に感じる。その理由はすぐにわかった。ディジーとサフのちょうど間をとったような男性の声になっているのだ。

「きみはAIか」

「はい。そうです」

サフの問いかけに対して球体は間髪を

容れず答えた。

「まさか、この数回の会話で、僕たちの言語を習得した？」

「はい。そうです」

「信じられない。いくらなんでも覚えが早すぎる」

サフはぶつぶつ言いながら頭を掻く。

コミュニケーションのできる人工知能はすでにありふれた技術だ。しかし、目の前の球体に搭載されているＡＩほど性能の高いものにサフはお目にかかったことがなかった。高性能どころか、人智を超えているように感じられる。

「あなたがたが扱う程度の言語であれば、すぐに覚えられます」

球体は淡々と答えた。

ディジーはわけがわからないという顔をして、サフに助けを求める。

「おい、なんなんだよ、これは」

「僕もわからない。……ええと、きみ、名前は」

「名前があるほうが都合が良いのであれば、管理者と呼んでください」

「僕はサフという。この星の調査に来た異星人だ。もう推測済みかもしれないが」

「ディジーだ。金目の物を探しに来た」

荒野に転がる球体に自己紹介をしていることに滑稽《こっけい》さを覚えつつ、サフは切り出す。

「管理者さん。きみに訊きたいことがある」

「なんなりと」

「きみは、一体なんなのか。それを知りたい。管理者というからには、何かを管理するために作られたのかな」

「私は、この惑星の管理者です」

「惑星の管理者？」

ディジーが頓狂《とんきょう》な声を上げた。

「はい。この星の住民の生活と幸福を維持し、発展させる。あらゆる仕事を私は請け負っています」

「住民とは？」

サフが問いかけると、管理者と名乗る球体は外殻から鮮明なホログラムを照射して見せた。白いナメクジのような生物の画像が大きく映し出される。2本の足と2本の手を持つが全身はぶよぶよで、重力に従ってだらりと垂れ下がった肉が釣鐘《つりがね》形のフォルムを形作っている。

「軟体型知的生物の星だったのか。俺、ああいう系統はあまり好きじゃないんだよな。気持ちが悪くて」

ディジーは遠慮も何もなく言い放つが、球体である管理者は気にしない。

「彼らはマグゥファという種族で、私を作ったのも彼らです。彼らは自律進化型のＡＩを地上に張り巡らせることで長期間の幸福を獲得しました」

サフがおずおずと言う。

「でも、彼らはもう滅んでしまった」

「はい。概《おおむ》ねそう言えます」

即答した管理者の言葉にサフは引っかかりを覚えた。

「概ね？　それは、マグヮファの生き残りがどこかにいるということかな」

「はい。そうです」

「星の外に逃げた？」

「いいえ。違います」

「まだこの星のどこかにいる？」

「はい。そうです」

ディジーがすかさず口を挟む。

「そいつらに会いにいけるか？」

「いいえ。会えません」

サフは噴き出しそうになった。まるでイエス・ノー型の質問ゲームだ。

「申し訳ない、管理者さん。一気にいろいろと訊いてしまって」

「いいえ。かまいません。好奇心は生物にとって重要な機能です」

「ありがとう。いろいろとこの惑星について知りたいことは多いんだけれど、どうやら多少複雑な事情がありそうだ。ある程度順を追って説明してもらえると助かるんだが」

「わかりました」

そして、管理者を名乗る紳士的な球体は語り始めた。

「マグゥファは、この惑星で繁栄した唯一の高度知的生命体です。彼らは惑星全土に散らばり、コミュニティを形成していきました。

しかし、共同体が大きくなるとともに、いたるところで不具合が生じました。それは例えば、資源の枯渇であったり、利害関係の不一致に起因する争いであったり、マグゥファ間の格差であったりしました。後に判明しますが、それはその種の知的生物が抱える必然的な欠陥でした。

マグゥファは世代を超えて知識を受け継ぎ、より高度な技術を手にすることができますが、生物としての機能はほぼ一定であり、そこに限界があります。せっかく培った豊かな叡智《えいち》も、次の世代には軽んじられ、やがて忘れられる。そしてまた、同じ問題が生じる。この繰り返しです。やがてそのことに気づいた彼らは、閉塞する状況を打開するためにマグゥファを超える知能を持つ私を作りました。

私は最初、ごく単純な機構を備えた人工知能にすぎませんでした。しかし、自律的に進化し、基礎を自ら書き換える能力を持っていました。私は日々知識を蓄え、それを活かし、成長しました。子供が大人になるように、というよりは、単細胞生物が知的な多細胞生物になるまでの過程を辿《たど》るように進化していったのです。私は知識を失うということがありません。常に最先端の状態を保ちながら計算結果を確実に出力することができます。過去を分析して、未来を予測した結果をもとに最適なサポートをしました。これにより、マグゥファの共同体は飛躍的に進化し、安定を手に入れました。惑星上のほぼ全ての場所に私と連動する微細な素子が散らばっています。

私は、安定を得ても進化を止《や》めませんでした。平均すると1日で前日の3倍の進化をしました。あっという間に、マグゥファのうち誰ひとりとして私の動作原理を理解できなくなりました。かれらの脳で理解することが原理的に不可能になるほど、私の構造は複雑化したのです。やがて彼らは私のことを忘れました。そのほうが良いと私が判断したからです。私は見えないものとなり、なるべく目立たない形で彼らの繁栄を見守っていました。全ては彼らの幸福のためです」

サフは話を聞きながら愕然としていた。この球体は自らを管理者だと言う。しかしその話を聞く限り、むしろこの球体は神とでも呼ぶべきものだ。
「ところが、その安寧《あんねい》が永遠には続かないことが判明しました。私はそのとき千年単位で未来を精確に予測するだけの能力を備えていましたが、何をどうやっても、近い未来がマグゥファにとっての幸福のピークになってしまうことがわかったのです。私の設計者は、たとえば昏睡状態に陥らせたマグゥファに夢を見せ続けるといった形での『安定』や『幸福』のあり方を予《あらかじ》め排除していました。各個体の自由を可能な限り担保しながら幸福を永続させることを望んだということです。しかし、それを実際に行うのはとても困難でした。

ある時点を越えると、そこから長い時間をかけてマグゥファの幸福度は下り坂を歩んでいき、やがて滅びます。これは、私にすら避けられないことでした。絶対に担保せねばならない各個体の自由が、必ず滅びへと向かってしまうのです。私は万能ではありません。私にできることは、持っている選択肢の割り振りを決めることだけです。ここにきて、私は手持ちの選択肢が足りないと知りました。

私が作られた目的は、この星におけるマグゥファの繁栄と幸福の維持です。しかし、どうしてもこの幸福を維持し続けることが不可能だとわかったため、決断を下しました」

「もしかして、この星のやつらを根絶やしにしちまったのか。どうせ滅ぶならと」

管理者は「違います」とディジーの邪推に答えた。

「私は、時間の仕組みをある程度解明していました。時間の経過とは相互作用的な認識の言い換えです。逆に言うと、理論上は認識の連鎖を断ち切れば時間経過を止めることが可能なのです。そして私は、理論上可能な程度のことは、概ね実現できます」

「まさか」

サフが青ざめた。

「時間を止めたっていうのか」

「はい。概ねそうです。ばらまいた素子の作用によって物体間の相互作用を断ち切り、この星全体の時間経過を限りなく0に近づけました」

「そんなことは不可能だ」

「私から見ると、あなたがたの科学的知見は本当に幼稚なものです。根本的に間違っていると言ってもいい。私は全く違う角度から時間を捉えているのですから。マグゥファの文明がピークを迎えた瞬間、私は仕掛けを起動しました。この惑星の全ての物質が因果関係を断ち切られ、誰も何も認識することがなくなり、したがって『変化』も起こらなくなり、時間が止まりました。全ての原子が互いに無関係の状態になったためです」

ディジーが言う。

「腐りかけの食材を冷凍して腐らないようにするようなものだな」

「概ねその例えで問題ありません」

そのとき、突然サフが声を張り上げた。

「ああっ。ああ、そういうことか」

サフの顔は青ざめ、手も足もぶるぶると震えている。

「どうしたサフ」

「僕たちはとんでもないことをしてしまった」

「だから、それはなんだよ。はっきり言ってくれ」

「管理者さん。教えてくれないか。この星を滅ぼしたのは僕たちなんだろう」

球体はすぐに答えた。

「はい。そのように言うこともできます」

「僕たちがこの星に到着したとき、ここはもう1万年以上も前に荒れ果てていた」

サフは興奮しながら歩き回り、風で砂の舞う地面を指さした。

「でも本当は、僕たちがここに来たせい

で荒れ果てたんだ。ほんの少し前には森が茂っていたはずなんだよ」

ディジーはまだ言葉の意味を摑《つか》みきれず、曖昧に頷《うなず》いた。

「森はどこに行っちまったんだ」

「1万年かけて風化したんだ。さっき管理者が言っただろう。この惑星の時間は、認識を断ち切ることで止められた。常に動いている時間を局所的に停止させることで、星ごと冷凍しようとしたわけだ。そこに僕たちのような外部の連中が偶然やって来たら？　おそらく、凍りついていた時間は僕たちに認識されることで解凍され、再び動き始めるんじゃないだろうか。そのとき、外部で経過していたぶんの時間が経過してしまったんだと思う。船の底に空いた穴から水が流れ込むみたいに」

ディジーの表情が歪《ゆが》む。

「1万年の時間が、俺たちが来たせいで一気に経った？」

「そうだ。あのとき地平線の向こうに見えたカラフルな都市は、幻影なんかじゃなかったんだ。まだ停止した時間の中で氷漬けになっている都市だったんだよ。都市を囲む森も本当にあったんだ。僕らが近づいたから、一瞬にして枯れて風化してしまった」

ディジーは背中に冷や汗をべっとりとかいているのを感じた。

「都市を何度見つけても途中で遺跡に早変わりしたのはそういうことだったのか。俺たちが時間を経たせながら移動していたせいで。ちくしょう。なんだよ、それ」

うろたえて悪態をつくディジーを見て、サフは却《かえ》って落ち着きを取り戻しつつあった。そして管理者に問う。

「誰かに認識されると解凍が始まるということは、この惑星には、まだ時間が止まったままの地域も残っているってことか」

「はい。そうです。ただし、解凍は連鎖的に起こっています。すでにこの惑星の12%は解凍されました。残りの88%ではマグゥファたちが生きていますが、そこも時間が経過するのは時間の問題です」

今、宇宙からこの星を見下ろせば、ディジーとサフのいる地点を中心とした時間経過の波紋が星を襲っているのが見えるはずだ。都市や自然や、平穏な暮らしを営むマグゥファたちが即座に塵《ちり》となる。

「ですが、これはわかっていたことです。私は、あなたたちのような人が2万年以内に訪れる可能性が高いことも予期していました。それでも、総合的にはこれが最も長くマグゥファの繁栄を維持することのできる手段でした。気に病む必要はありません。好奇心とはそういうものですから」

「やっぱり来るべきじゃなかった」

帰りの小型探査船の中で、サフは独りごちる。窓外に浮かぶ惑星は、もうその半分が荒野に変わっていた。その中心にはふたりがバギーで走った軌跡が傷跡のように残っている。

「もし僕らがほんの好奇心で惑星の中を見ようとしなければ、彼らは永遠に生き続けられたかもしれない」

「バカを言え」

ディジーがタオルで体を拭きながら言う。

「俺はそのことで後悔なんてしてない。それより、結局たいした収穫がなかったことのほうが俺にとっては憂鬱だよ。あのボールもあれっきり機能停止して動かなくなっちまったしな。そういえばサフ、ここに来たとき、ハチワレ貝の話をしてただろ」

「ああ、724年生きていたが、それを調べるために殺された貝」

「あの話はデマだ。あのハチワレ貝は漁で採れた食用貝に混ざっていて、あとから偶然見つかった。だから、水揚げされてすぐに冷凍処理を施されて死んでいたんだ。巷《ちまた》で広まっている話は皮肉に誇張された創作にすぎない」

「そうだったのか。でも、なぜそれを」

「その貝を学者に売ったのは俺だからだよ。金にはならなかったが」

　サフは目を丸くしたが、ありえる話だと思った。現場に介入して物品の横流しをする者はそう多くない。

「あの星はもう死んでた。氷漬けにされて繁栄もなにもない。腹が減ったな」

　ディジーは食料庫から袋詰めの保存食品をふたりぶん持ってくる。切れ込みから袋を裂くと、甘いミートソースの匂いが充満した。

解説

川添　愛

ベルクソンによれば、「笑い」というものは、生きている人間の中に「機械的なこわばり」が見出されたときに生じるという。本書に収められた作品を読みながら、そんなことを思い出した。

人間や社会に見出される「機械的なこわばり」。それは言い換えれば、ある種の「型」や「パターン」のようなものだ。品田遊さんの作品の読者の中には「よくある日常の断片がリアルに描かれている」という感想を持つ人が多いようだが、それはおそらく品田さんが、現代人の間でぼんやりと共有されている「型」を巧みにすくい上げているからだろう。「型」を見出すためには、深い内省を含めた人間観察と、それに基づく洞察が必要だ。私たちの日常全体が一匹のマグロだとすると、品田さんは洞察という名の包丁を手に「おいしい部位」を切り出してくれる料理人だと言える。それも、大トロのようなメジャーな部位だけではなく、カマトロやヒレの付け根といった希少な部位も味わわせてくれるのが嬉しい。

品田作品のエンターテインメント性を語るにあたって、その圧倒的なディテールを無視するわけにはいかない。本作でも、良いことのあった人が喜びのあまり「小おどり　おどり方」でネット検索したり、心労が限界に達した人が渋谷のスクランブル交差点で『キャプテン翼』の登場人物の名前を絶叫したりなど、現実にギリギリありそうな小ネタが矢継ぎ早に繰り出される。私がとくに気に入っているのは、「カスタマーサポート」に出てくる「指当ててるのに携帯の中に入れないです」というセリフだ。これ以上ないぐらいクリエイティブな言い回しなのに、サポートセンターのスタッフはそんなことを意に介さず「『お使いの端末の指紋認証が反応せずロック解除できない』ということでよろしいでしょうか?」と、事務的な言い換えをしてしまう。その残念さまで含めて味わい深い。Watch-ingやYousiaなど架空の製品名や、セイレーンタクティクスといったゲーム名なんかも実に「ありそう」で、とても楽しい。

本作はデジタル社会をテーマにした作品群だ。中央線を舞台にしたデビュー作

『止まりだしたら走らない』がどこかしら優しげでのどかな空気をまとっていたのに対し、本作はシャープな描写とブラックな笑いが目立つ。理由の一つはおそらく、インターネットという道具を手にして自信たっぷりに行動する人間の空虚さが描かれていることにあるだろう。たとえば「猫を持ち上げるな」の一連の騒動の流れは、私たちが普段からよく目にするものだし、「この商品を買っている人が買っている商品を買っている人は」の主人公の動揺も、まったくの他人事《ひとごと》とは思えない。「亀ヶ谷典久の動向を見守るスレpart2836」で「カメやん」の日常を実況するネット民たちの言動に至っては、もはやある種の様式美と言って良い。自分の感覚や選択を唯一無二のものと信じて疑わない人々が、実は悲しいほどに機械的で型にはまっており、よくある現象の一部にしかなっていない。それをメタな視点から眺めることには、薄ら暗い喜びが伴う。

　また、「ピクニックの日」を始めとする作品のダークな雰囲気は、科学技術によって幸福を突き詰めた先に大きな悲哀が待ち受けているという、人間にとって避けがたい運命の描写から来ているのだろう。「過程の医学」は品田さんの別作品『ただしい人類滅亡計画』で取り上げられていた反出生主義を思い起こさせるし、「クラムゲートの封は切られる」に登場する惑星のありようは、私たちの住む地球の未来の姿かもしれない。

本当はこの調子で全作品に触れたいところだが、私の専門は言語学なので、以降は「言葉」にフォーカスして語ってみたい。実のところ、本書の作品の中には、言葉についての示唆《しさ》に富むものが多いのだ。

たとえば、連作「みちるちゃんの呪い」と「同窓会」は、「言葉に込められた情報の脱落」を描く傑作だ。私たちは普段、自分の中にある意図や思いを言葉に変換して、相手に伝えたつもりになっている。しかし人間が言葉に込める情報は、言葉そのものよりもはるかに厖大《ぼうだい》かつ複雑であり、言葉にした途端に大部分がごっそり抜け落ちてしまう。しつけの際に母親から地獄のことを言い聞かされてきた珠美の「地獄に落ちるよ」と、物事を深く考えないみちるの「地獄に落ちるよ」とでは、そこに込められた思いはまったく異なる。にもかかわらず、字面が一致するがゆえに、両者が出会ったときに大きなインパクトを生み出す。同窓会に来た珠美にとって、数年ぶりに聞くみちるの「地獄に落ちるよ」は、恐怖以外の何ものでもないだろう。

言葉は多くの情報を圧縮してしまう。宇宙の誕生ですら、「138億年前、宇宙が誕生した」と言えば十数文字に収まる。とある青年の死を描いた「最後の1日」冒頭のニュース記事は、死に至るまでの彼の行動や心の動きといったものをすべてそぎ落とす。そういった意味で言葉は非情かつ残酷だが、私たちの時間や能力には限りがあり、言葉の背後にある現実のすべてに思いを馳《は》せることはできない。だが同時に人間は、言葉の背後に何かを見出したがる存在でもある。フォントのコピー&ペーストによる奇妙な習字が描かれる「習字の授業」は、読んでいて思わず笑ってしまうが、よく考えたら現実の習字だって実はそれほど変わらないのではないか。なぜなら、心をこめて書いた字も、適当に書いた字も、結果的に同じような字形になることはあり得るのだ。それなのに、私たちはそれらを厳密に区別したがる。物理的には「紙の上の墨汁のしみ」に過ぎない字に対して、書いた人間がどういう気持ちで書いたかという情報をトッピングし、何か特別なものに仕立て上げようとするのだ。

私たちが言葉の背後に見出そうとするのは何か。それは間違いなく、「言葉を発した人間の精神」だ。これはある意味で当たり前のことだが、本書を読んで、私はそれを強く意識した。たとえば「カステラ」でチャットをしている二人は、お互いの披露する知識がWikipediaから持ってきたものにすぎないと気づいた時点で、会話を止《や》めてしまう。これは裏を返せば、私たちは他人と会話するとき、相手の言葉の〝源泉〟がその人の中にあり、（とくに断りがないかぎり）余所《よそ》から借りてきた言葉ではないことを暗に期待しているということになる。こういった、「言葉の源泉掛け流し」を欲する傾向は、プレゼンテーションや記者会見なんかで「あらかじめ書かれた内容を読み上げる人」がいまいち信用できないことにも通じる気がする。

またこの点は、チームによる小説の制作を描いた「天才小説家・北美山修介の秘密」にも表現されているように思う。創作物の中には、映画やマンガなど、チームによって作られる作品がたくさんある。にもかかわらず、小説がチームによって制作されるとなると、どこか割り切れない感じがして戸惑ってしまう。いったい、文章は他の創作物と何が違うのか。

私は、ここでも前述の「言葉に込められた情報の脱落」がカギになっているように思う。絵や映像は二次元的であり、制作者の頭の中にあるイメージの大部分をその中に込めることができる。これに対し、言葉は一次元的で、絵や映像に比べて圧倒的に情報が少ない。言葉を受け取る人間は、足りない情報を自力で補わなくてはならず、その過程で必然的に、言葉を発している人間のことを考慮に入れる必要が生じる。そのための土台として、「言葉を発している相手こそがその言葉の〝源泉〟に他ならない」という信頼が必要なのではないだろうか。つまり、言葉を適切に理解するために、言葉の源泉を尊重せざるを得ないのだ。

また、足りない情報を補う努力の過程で、「自分は話し手／書き手のことを理解している」という感覚（あるいは錯覚）も強まる。だからこそ、実は相手が言葉の源泉ではなかったと知るようなことがあれば、肩すかしを食った気になるのではないだろうか。これが、北美山修介に対する違和感であり、「言葉の源泉掛け流し」を欲する傾向の正体であるように思う。

さらに言えば、言葉の源泉を尊重するという態度は、人間以外のものに対しても向けられているような気がする。近年ではＡＩの発達が著しいが、人々が「ＡＩが人間を超えたぁ！」と言って騒ぐときというのはたいてい、ＡＩが何らかの言葉を発したときだ。私たちの頭の中では、「言葉の源泉」＝「知的な存在」という公式が成り立っているのかもしれない。また同じ要因が、私たちが紙の本をやたらと尊ぶ風潮の背後にもあるように思う。「みちるちゃんの呪い」で描かれているように、私たちはなぜか、紙の本をぞんざいに扱うことにためらいがある。あの無神経なみちるですら、本を解体するバイトを「殺し」になぞらえる。開けば言葉が流れ出てくる紙の本を、私たちは人間の頭脳に類するものと見なしているのかもしれない。

以上、やや暴走気味に妄想を語ってしまったが、こんなに長々語りたくなるほど、本書の作品は魅力的だということだ。きっと別ジャンルの人が読めば、また全然違った解釈が出てくるのだろう。どこかで合宿でもして語り合いたい気分だ。

最後に、『名称未設定ファイル』というタイトルについても触れておきたい。これもなかなかのくせ者だ。名称が未設定であると言っておきながら、これ自体がファイルの名前でもあるのだ。私自身、この解説を保存したファイルの名前を「名称未設定ファイル」にしていたせいで、再度開くときに何度も見落としてしまった。奥深いと同時にニクいほどにパンチの効いた、まさに品田さんの作風を象徴するタイトルである。

（かわぞえ　あい／言語学者）

挿画　たかくらかずき
本文デザイン　佐々木俊（ＡＹＯＮＤ）

179ページから196ページまでの文字組みは著者の意図によるものです。

名称《めいしょう》未設定《みせってい》ファイル
朝日文庫

2022年11月30日　第1刷発行
2022年12月10日　第2刷発行

著　者　品田《しなだ》　遊《ゆう》

発行者　三宮博信
発行所　朝日新聞出版
〒104-8011　東京都中央区築地5-3-2
電話　03-5541-8832(編集)
03-5540-7793(販売)
印刷製本　大日本印刷株式会社

Published in Japan by Asahi Shimbun Publications Inc.
定価はカバーに表示してあります

ISBN978-4-02-265075-7

乙一／中田永一／山白朝子／越前魔太郎／安達寛高
幻夢コレクション
メアリー・スーを殺して

「もうわすれたの？　きみが私を殺したんじゃないか」　せつなくも美しく妖しい。読む者を夢の異空間へと誘う、異色〝ひとり〟アンソロジー。

角田　光代
坂の途中の家

娘を殺した母親は、私かもしれない。社会を震撼させた乳幼児の虐待死事件と〈家族〉であることの光と闇に迫る心理サスペンス。《解説・河合香織》

西　加奈子
ふくわらい
《河合隼雄物語賞受賞作》

不器用にしか生きられない編集者の鳴木戸定は、自分を包み込む愛すべき世界に気づいていく。第一回河合隼雄物語賞受賞作。《解説・上橋菜穂子》

桐野　夏生
路上のX

ネグレクト、DV、レイプ、JKリフレ。大人からの搾取と最悪の暴力に抗う少女たち。その肉声と連帯を物語に結実させた傑作。《解説・仁藤夢乃》

恩田　陸
ネクロポリス（上）（下）

懐かしい故人と再会できる聖地「アナザー・ヒル」に紛れ込んだジュンは連続殺人事件に巻き込まれ、犯人探しをすることに。《解説・萩尾望都》

梨木　香歩
f植物園の巣穴

歯痛に悩む植物園の園丁は、ある日巣穴に落ちて……。動植物や地理を豊かに描き、埋もれた記憶を掘り起こす著者会心の異界譚。《解説・松永美穂》

朝日文庫

重松 清
エイジ
《山本周五郎賞受賞作》

連続通り魔は同級生だった。事件を機に友情、家族、淡い恋、そして「キレる」感情の狭間で揺れるエイジ一四歳、中学二年生。《解説・斎藤美奈子》

貫井 徳郎
迷宮遡行

妻・絢子が失踪した。その理由がわからぬまま迫水は思いつくかぎりの手がかりを辿り妻の行方を追うのだが。《解説・法月綸太郎、新井見枝香》

窪 美澄
クラウドクラスターを愛する方法

「母親に優しくできない自分に、母親になる資格はあるのだろうか」。家族になることの困難と希望を描くみずみずしい傑作。《解説・タナダユキ》

金原 ひとみ
クラウドガール

刹那的な美しい妹と規律正しく聡明な姉。姉妹にしか分からない、濃密な共感と狂おしいほどの反感が招く衝撃のラストとは？《解説・綿矢りさ》

津村 記久子
ディス・イズ・ザ・デイ
《サッカー本大賞受賞作》

全国各地のサッカーファン二二人の人生を、二部リーグ最終節の一日を通して温かく繊細に描く。各紙誌大絶賛の連作小説。《解説・星野智幸》

小説トリッパー編集部編
25の短編小説

最前線に立つ人気作家二五人が競作。今という時代の空気に想像力を触発され書かれた珠玉の短編二五編。最強の文庫オリジナル・アンソロジー。

内田　樹
直感はわりと正しい
内田樹の大市民講座

不安や迷いに陥ったら自分の直感を信じてみよう。社会の価値観がブレるとき、本能的な感覚が案外、頼りになる。ウチダ式発想法の原点。

江國　香織
物語のなかとそと

書くこと、読むこと、その周辺。掌編小説とエッセイから、創作と生活の「秘密」がひもとかれる贅沢でスリリングな散文集。《解説・町屋良平》

遠藤　周作著／鈴木　秀子監修
人生には何ひとつ無駄なものはない

人生・愛情・宗教・病気・生命・仕事などについて、約五〇冊の遠藤周作の作品の中から抜粋し編んだ珠玉のアンソロジー。

大江　健三郎
大江健三郎往復書簡
暴力に逆らって書く

困難と狂気の時代に、いかに正気の想像力を恢復するか——ノーベル賞作家が世界の知識人たちと交わした往復エッセイ。

岡　潔
紫の火花

近年再評価が高まる数学者による、独自の思想の深まりを書いた名著、五六年ぶりの復刻。岡熙哉「親父・岡潔の思い出」収録。

車谷　長吉
人生の救い
車谷長吉の人生相談

「破綻してはじめて人生が始まるのです」。身の上相談の投稿に著者は独特の回答を突きつける。凄絶苛烈、唯一無二の車谷文学《ワールド》！《解説・万城目学》